Beate Dölling

Wild auf Fußball

D1933685

© Didier Laget

Beate Dölling, geboren 1961 in Osnabrück, arbeitet als freie Journalistin und Autorin fürs DeutschlandRadio Berlin sowie für Printmedien und leitet außerdem Schreibwerkstätten. Für ihre literarischen Arbeiten erhielt sie mehrfach Auszeichnungen und Stipendien – unter anderem von der Berliner Akademie der Künste. Nach verschiedenen Beiträgen für Anthologien, Zeitschriften und Zeitungen erschien 1998 ihr erster Kinderroman, dem inzwischen mehrere Bücher für Kinder und Jugendliche folgten. Die begeisterte Hobbykickerin, die mit ihrer Fußballleidenschaft mittlerweile auch ihre Tochter angesteckt hat, lebt in Berlin. Mehr über Beate Dölling unter www.beatedoelling.com.

Weitere Titel von Beate Dölling bei dtv junior: siehe Seite 4

Beate Dölling

Wild auf Fußball

Mit Vignetten von Regina Kehn

Deutscher Taschenbuch Verlag

Von Beate Dölling sind außerdem bei dtv junior lieferbar:
Wirbel um Cello, dtv junior Tigerauge
Auf die Liebe, fertig, los! dtv girl
Küsse kennen keine Grenzen (zusammen mit Didier Laget), dtv girl

Der Band ist ursprünglich 2006 unter dem Titel ›Anpfiff für Ella‹ erschienen.

Das gesamte lieferbare Programm von dtv junior und viele andere Informationen finden sich unter www.dtvjunior.de

Aktualisierte Neuausgabe 2010
© 2006, 2010 Deutscher Taschenbuch Verlag GmbH & Co. KG, München
Umschlagkonzept: Balk & Brumshagen
Umschlagbild: Regina Kehn
Lektorat: Maria Rutenfranz
Gesetzt aus der Stone Informal 11,25/14˙
Gesamtherstellung: Druckerei C. H. Beck, Nördlingen
Gedruckt auf säurefreiem, chlorfrei gebleichtem Papier
Printed in Germany · ISBN 978-3-423-71417-4

Für Paula und Fritz

Die Sonne scheint auf den Küchentisch. Lino kippt sich das Schälchen mit Capt'n-Crunchy-Kringeln voll.

»Lass mir auch noch ein paar drin«, sagt Ella. Aber da schüttet er sich den Rest in sein Schälchen und hält seiner Schwester die leere Packung hin.

»Mama!«, ruft Ella. »Lino hat die ganze Packung aufgegessen!«

»Hab ich nicht!«, ruft Lino Richtung Badezimmer, wo die Mutter sich föhnt und sowieso nichts hört. Von Papa steht nur noch die leere Kaffeetasse auf dem Tisch.

»Die Packung ist ja noch da«, sagt Lino. »Kannste dir ja Marmelade draufschmieren. Guten Appetit!«

Ellas Augen funkeln. »Kein Wunder, wenn dir der beste Spieler wegläuft«, sagt sie. »Wer will denn schon mit so einem Ekelpaket wie dir was zu tun haben!« Sie wirft ihrem Bruder die leere Schachtel an den Kopf und nutzt die Schrecksekunde aus, um sich sein Schälchen zu schnappen. Aber Lino ist schnell. Im Nu hat er es wieder. Bei der Zurückeroberung fliegen jede Menge Capt'n-Crunchys durch die Luft. Der ganze Tisch ist übersät.

Lino kocht, weil sie das wegen Malle gesagt hat. Marvin Winter ist der beste Spieler aus seiner Fußballmannschaft, obwohl Lino immer denkt, *er* wäre der beste. Malle hat überall erzählt, dass Lino ein Großmaul sei. Ist er ja auch. Und Malle will sich nichts mehr von ihm gefallen lassen. Er will sich jetzt für eine richtige Schülermannschaft starkmachen, mit der man an der Schulmeisterschaft teilnehmen kann und die von Lehrern trainiert wird, richtig professionell. Ella weiß, dass ihr Bruder eigentlich dasselbe vorgehabt hatte, nur ohne Lehrer und ohne Mädchen. Aber wenn Malle erst mal Kapitän einer neuen Mannschaft ist, darf mitspielen, wer will! Auch Ella! Sie wird Lino schon zeigen, wo der Hase langläuft. Bei dem Gedanken muss sie grinsen.

Genüsslich stopft sie sich jeden Crunchy-Kringel, den sie kriegen kann, in den Mund. Als sie die, die an der Butter festkleben, nehmen will, haut ihr Lino auf die Hand. Die ist jetzt voller Butter. Sie versucht, die Butterhand an seinem T-Shirt abzuwischen. Lino springt auf und packt sie am

Handgelenk, will es nach hinten umbiegen, sodass sie in die Knie gehen muss. Das macht er immer, und dann soll sie ihn auf Knien um Verzeihung bitten, bevor er sie loslässt. Meistens muss Ella dann so lachen, dass sie gar nichts sagen kann. Dann lässt Lino locker, aber diesmal drückt er so fest zu, bis es überhaupt nicht mehr lustig ist.

»Aua!«

Lino will, dass sie zurücknimmt, was sie eben gesagt hat. »Na los!«, zischt er. »Sag, dass Malle eine Krücke ist!«

»Niemals!« Ella beißt die Zähne zusammen.

Aus dem Badezimmer hört man den Föhn und die Mutter summen. Lino und Ella haben gelernt, leise zu kämpfen, obwohl sie die zehn Minuten am Morgen, wenn sich die Mutter föhnt, immer ausnutzen, um Meinungsverschiedenheiten zu regeln. Für einen Pferdekuss zwischendurch reicht eine Klospülung.

Ellas Handgelenk ist schon ganz rot, aber sie denkt gar nicht daran, in die Knie zu gehen. Die Zeiten sind vorbei! Sie lässt Lino ihre Handgelenke drücken und schließt die Augen. Mal sehen, was ihr mit geschlossenen Augen einfällt. Nichts. Leider. Nur der Schmerz sticht bis in den Magen.

»Guck mich an!«, sagt Lino.

Sie lässt die Augen zu.

»Mach sofort die Augen auf und sag, dass Malle Winter eine verdammte Krücke ist!«

Jetzt ist der Moment gekommen. Ein leichtes Zögern in seinem Händedruck und schon springt sie ihm mit dem Hacken auf den kleinen Zeh. Getroffen! Er lässt sie los. Rote Wutflecken zieren seinen Hals.

»Ohne Malle könnt ihr einpacken«, sagt Ella.

Im Badezimmer geht der Föhn aus. Die Kinder stürmen auf die Stühle und picken die Capt'n-Crunchy-Kringel vom Tisch; Lino spült mit Milch aus der Tüte nach.

»He!«, sagt Mama mit frischer Föhnfrisur. »Wir trinken nicht aus der Tüte.«

Lino nimmt die Tüte vom Mund und gießt sich Milch in sein Glas.

»Würdest du bitte deiner Schwester auch Milch einschenken?!«

Lino macht das Glas so voll, dass Ella es nicht mehr heben kann.

Die Mutter seufzt. »Können wir nicht einmal in Frieden frühstücken?«

Ella schlürft Milch aus dem vollen Glas.

»Und wie sieht das hier schon wieder aus!«

»Ella hat mich mit Butter vollgeschmiert«, sagt Lino und zeigt auf den Ärmel seines T-Shirts.

»Weil er meine Hand in die Butter gehauen hat«, sagt Ella. »Und die Capt'n-Crunchys hat er auch alle aufgegessen.«

»Hab ich nicht!«

Die Mutter gießt sich Kaffee ein und seufzt schon wieder. »Nur einmal in Ruhe frühstücken ... ganz normal, wie in anderen Familien auch. Was würde ich darum geben!«

»Was denn?«, fragt Ella.

»Euch zum Beispiel«, sagt Mama.

Auf dem Schulweg gehen sie hintereinander her. Lino will das neuerdings so, er will nicht mit seiner kleinen Schwester gesehen werden, erst recht nicht auf dem Fußballplatz. Dabei haben sie letzten Herbst noch wie die Verrückten zusammen gebolzt. Ella kickt einen Stein weg. Kleine Schwester, pah! Sie ist nicht mal ein ganzes Jahr jünger als Lino, nur elf Monate und fünf Tage, wenn man's genau nimmt. Und es dauert nicht mehr lange, dann wird sie auch elf und ist drei Wochen lang elf mit ihm. Und es dauert auch nicht mehr lange, dann ist sie gleich groß wie er. Fehlen nur noch ein paar Zentimeter! Und es ist ein verdammter Mist, dass sie überhaupt keinen mehr hat, mit dem sie Fußball spielen kann.

An der nächsten Ecke kommen ein paar von Linos Fußballkumpels dazu. Sie gehen zu dritt vor Ella her – natürlich mit Ball. Sie kicken, rennen, drängeln sich. Ella will nicht hinter den Hornochsen hergehen. Sie überquert die Straße und geht auf der anderen Seite weiter. Nun ist sie auf gleicher Höhe mit den Jungs. Die beiden Fußballkumpels schauen zu ihr rüber. Sie streckt ihnen die Zunge raus. Die Jungs gucken weg. Dann gucken sie wieder. Einer läuft gegen die Laterne. Boing! Ella grinst. »Schönen Gruß an die Beule!«, ruft sie über die Straße und fängt an zu hüpfen. Mit solchen Luschen kann man natürlich nichts gewinnen, nicht mal einen selbst gespendeten Pokal!

Im Nu ist sie verschwunden, um die Ecke, an der Turnhalle vorbei, schnell über den Platz geflitzt zum Eingang der Schule. Die Jungs schleichen gerade erst durchs Tor. Die anderen Fußballer vom 1. FC Südtiger sind auch schon da. Hoffentlich kommen sie am Nachmittag nicht wieder mit zu Lino. Letztes Mal haben sie erst die Kekse aufgefuttert, dann alle getrockneten Fruchtstückchen aus dem Müsli gefischt und Georg, Rechtsaußen, hat voll neben das Klo gepinkelt.

Was müssen sie auch immerzu besprechen? Lino will das so, schließlich ist er der Mannschaftskapitän und Trainer. Er hat die Mannschaft vor einem halben Jahr auf die Beine gestellt und sogar Karteikarten von allen Spielern angelegt. Und dann haben sie alle möglichen Mannschaften zu Spielen herausgefordert, von Vereinen und von anderen Schulen. Lino wollte, dass alle Respekt und Angst vor den Südtigern bekommen, und sich dann als Schulmannschaft beweisen, um die Meisterschaft zu gewinnen.

Zuerst lief es ganz gut, aber dann haben sie andauernd verloren und gegen Bornsloh 03 haushoch. Die Bornsloher sind nämlich die richtigen Kracher, mit Jungs und Mädchen. Und Lino hatte vorher überall herumposaunt: »Denen haun wir in der ersten Halbzeit schon das Tor voll, dass die nicht mehr wissen, wie sie heißen«, aber dann haben die Südtiger 4:1 verloren und bei der Revanche gleich noch mal 4:2. Seitdem gibt es Unstimmigkeiten in der Mannschaft. Lino und Malle haben sich zerstritten und ein paar andere haben nun auch keine richtige Lust mehr, zu den Südtigern zu gehören. Nur Georg, der Pinkler, und der, der eben vor die Laterne gelaufen ist, halten noch richtig zu Lino. Andauernd treffen sie sich und besprechen die Lage. Aber eine Fußballmannschaft muss zusammenhalten und soll Fußball spielen und nicht rumlabern. Kein Wunder, wenn die Tiger die letzten Spiele versiebt haben. Zum Glück sind es nur selbst organisierte Freundschaftsspiele, als Schulmannschaft wären sie spätestens nach der Bornsloh-Blamage ausgeschieden. Peinlich, auch für Ella. Neuerdings muss sie sich nämlich so dumme Sprüche anhören wie: »Na, ist dein Bruder auf dem absteigenden Ast?« Oder: »Seit wann spielt Lino denn in der Altherrenmannschaft?«

Wenn dieser Hirni bloß nicht so störrisch wäre und sie mitspielen lassen würde! Wird schon sehen, was er davon hat!

Ella geht durchs Treppenhaus. Ein Schüler aus der zweiten Klasse spuckt vom vierten Stock ins Paterre. Als es unten platscht, rennt er oben weg.

In der Klasse trifft sie Carmen, Svenja und Steffi. Sie reden über die Muster ihrer Strumpfhosen. Ella hat immer Hosen an. Deshalb weiß sie nichts über Strumpfhosen zu sagen. Nachdem sie die drei begrüßt hat, geht sie noch mal aufs Klo, in die dritte Kabine. Das ist ihre Lieblingstoilette, die hat ein Fenster und an der Tür stehen die lustigsten Sprüche. »Mehmed Kuhn liebt ein Huhn«, oder: »Du kannst deinen Hintern schminken, wie du willst, es wird doch kein Gesicht daraus«, oder: »It's öde to be blöde«.

Ella hat auch schon was an die Tür geschrieben, oben links, in die Ecke: »Malle vor, noch ein Tor!« Aber das sagt sie niemandem. Das ist ihr Geheimnis, auch, dass sie von Malle Winter ein Foto bei sich hat. Ein Passfoto, vom vielen Angucken an den Ecken schon verknickt. Hat sie ihrem Bruder stibitzt, aus der Fußballkartei. Der braucht es jetzt sowieso nicht mehr, wo Malle ja nicht mehr bei den Südtigern ist. Sie bewahrt es in ihrer Fußballmappe auf, mit all den anderen Fußballbildern, die sie aus Zeitschriften ausgeschnitten hat.

Außer Malle findet sie noch den Brasilianer Kaká

toll, der bei Real Madrid spielt, den Argentiner Messi, der eine unglaubliche Technik und ein fantastisches Auge hat, Ballack wegen seiner Kopfballstärke und Fernando Torres, weil er einen Killerinstinkt hat und trotzdem total süß aussieht. Und Cristiano Ronaldo natürlich! Aber das würde sie nie zugeben. In den sind ja alle Tussis verknallt. Ihre Fußballmappe hat sie auch noch niemandem gezeigt.

Ella drückt die Klospülung. Sie will gerade rausgehen, da sieht sie das neue Herz an der Tür, schräg über der Klinke. »Malle und Bonita« steht in dem Herz. Ihr zischt es heiß hinter den Ohren entlang. »Malle und Bonita«, murmelt sie. Wie das brennt auf der Zunge! Sie geht raus und trinkt kaltes Wasser aus dem Hahn.

Auf dem Weg in die Klasse überlegt sie, wer das Herz dahin gemalt haben könnte. Gestern war es noch nicht da. Bonita heißt eigentlich Fiona Weber. Aber weil sie immer einen Handspiegel dabeihat und alle fünf Minuten guckt, ob ihre Wimpern auch noch lang genug sind und ihre Zähne glänzen, heißt sie bei allen nur Bonita. Carmen hat ihr diesen Spitznamen gegeben. Carmen kommt aus Argentinien und sagt, »Bonita« heiße auf Spanisch »Hübsche«. Dabei ist Bonita überhaupt nicht hübsch. Mal abgesehen von ihren dichten, schwarzen Wimpern ist sie stämmig wie ein Kartoffelstampfer und ihre Zähne glänzen nur, weil sie sie mit *Persil* putzt. Das hat Bianca Blume mal gesagt, eine Blonde mit Busen, als Bonita Anfang des Schuljahrs zu ihnen in die Klasse kam, und ein Haufen Mädchen hat sich darüber kaputtgelacht. Ella hatte zwar nicht mitgelacht, weil ihr Bonita in dem Moment leidtat, aber lustig fand sie die Vorstellung schon, wie sich jemand mit Waschmittel die Zähne putzt und das ganze Badezimmer vollschäumt.

Bestimmt hat Bonita selbst das Herz an die Tür gemalt, weil sie sich wünscht, dass Malle in sie verknallt ist. Dabei würde sich Malle garantiert niemals in eine wie Bonita vergucken!

Ella stolpert über eine Stufe, fängt sich wieder. Als sie auf der zweiten Treppe ist, klingelt es, aber sie hat keine Lust, sich zu beeilen. Zusammen mit Herrn Hempstädt, dem Mathelehrer, huscht sie in die Klasse.

Nach der Mathestunde muss Ella erst mal an die frische Luft. Sie kommt sich ganz verneunt vor. 5 x 19 plus 7 x 19 minus 99 ... Wo soll das bloß hinführen, wenn sie all diese Zahlen in ihren Kopf lässt? Am besten wäre es, sie rauszukicken. Da vorn bolzen die Jungs. Die haben es gut. Von den Mädchen will überhaupt keine mehr rennen. Haben Angst um ihre Strumpfhosen. Und Carmen, Svenja und Steffi sind auch immer noch im Diddl-Fieber. Die gehen sogar zu den Mädchen aus der Zweiten, nur um so ein bescheuertes Duftbild zu tauschen, das nach Pferdemist, Öl oder Rosen riecht. Die Einzige, die nicht verdiddelt tut, ist Bonita. Aber Bonita läuft auch nicht gern. Sie isst die ganze Pause über, erst Marmeladenbrötchen, dann Milchschnitte, manchmal auch Chips. Soll bloß nicht denken, dass sich so einer wie Malle in ein Pummelchen verguckt. Da kann sie noch so viele Herzen an die Tür malen.

Ella kickt ein paar kleine Steine in den Grünstreifen und packt ihre Brote aus. Hunger hat sie auch nicht. Zum Glück haben sie in der nächsten Stunde Sport. Hoffentlich lässt Frau Wilms sie erst ein paarmal um den Sportplatz laufen.

Plötzlich steht Malle neben ihr. Malle Winter. DER Spieler.

»Hey Ella!« Er hat Zettel in der Hand. In der anderen einen angebissenen Apfel. Er drückt ihr einen der Zettel in die Hand.

»Hast du Lust mitzumachen?« Seine braunen Augen leuchten.

Sie kann nicht so schnell lesen. Hat ja noch lauter Neunen im Kopf und vor IHR steht Malle Winter, in schwarzen Turnschuhen und rotem T-Shirt. Mit seinen langen Locken spielt der Wind.

»Beim Fußballspielen?«

»Ja. Du kennst dich doch aus. Hast ja oft genug mit Lino rumgebolzt.«

Das Blut rauscht durch die Neunen in ihrem Kopf wie ein Sturzbach.

»Klar«, sagt Ella.

Malle beißt von seinem Apfel ab, dass es knackt. Er hat auch persilweiße Zähne.

»Wir machen eine gemischte Mannschaft auf. Jungs und Mädchen. Ich bin der Mannschaftskapitän und du könntest in den Sturm, weil du ja fußballtechnisch gut bist und schnell.«

Woher weiß er das? Hat er ihr etwa schon mal

zugeguckt? Ihr wird ganz schwindelig bei diesem Gedanken. Ein Windhauch fährt ihr in den Nacken. Sie zieht die Schultern hoch, hält den Zettel fest in der Hand.

»Da steht alles drauf«, sagt Malle. »Besprechung und Probespiel sind morgen um vier, in der Turnhalle. Wenn du noch beinstarke Freundinnen hast, bring sie mit.«

»Gut«, sagt Ella. Sie kann sich nicht rühren. Sie kann auch nichts lesen, sie hat auch keine Neunen mehr im Kopf. Nur noch rauschendes Blut.

»Na dann«, sagt Malle und beißt noch einmal in den Apfel, dass es knackt. Mit vollem Mund federt er auf Zehenspitzen, läuft los, über den Schulhof, an ein paar Lehrern vorbei, verschwindet in einer Menge von Kindern.

Ella steckt den Zettel in die Hosentasche. Will auf die Toilette, in ihre Kabine, Nummer drei, die mit dem Fenster, und in Ruhe den Zettel lesen. Ihre Füße gehen schon mal vor. Da haut ihr jemand mit voller Wucht von hinten auf die Schulter.

»Schieb mal ein Brot rüber«, sagt ihr Bruder. »Hab total den Hunger.« Lino hat ein rotes Gesicht, vom Rennen. »Los, mach schon!« Neben ihm steht der, der heute Morgen vor die Laterne gelaufen ist. Ein rotes Horn ziert seine Stirn. Ellas Hände geben Lino ein Brot mit Käse. In zwei Bissen ist es weg.

»Was wollte denn Malle Winter von dir?«, fragt er sie mit vollem Mund.

»Was geht dich das an?«, sagt Ella.

»Sei nicht so zickig«, sagt Lino, »sonst setzt's was.«

Sein Beulenkumpel guckt Lino erwartungsvoll an.

Ella grinst nur, breit und verächtlich, so wie die Cowboys grinsen, wenn sie gerade jemanden über den Haufen geschossen haben. Das haben sie mal mit Mama geübt, im Wohnzimmer, nach einem Western. Mama konnte am besten breitbeinig gehen und am schnellsten den Colt ziehen. Anstelle der Colts hatten sie sich Bananen in die Gürtel gesteckt. Linos war hinterher ganz matschig, weil er sie zu fest gedrückt hat.

»Richtige Cowboys gehen mit ihren Pistolen zärtlich um«, hat Mama gesagt und auf einen Blumentopf gezielt, den sie von Papa zum letzten Hochzeitstag bekommen hatte. Lino hat dann alle Pistolen aufgegessen und mit dem fiesen Grinsen angefangen. Aber Mama konnte nicht nur besser mit Bananencolts umgehen, sie konnte auch am fiesesten grinsen.

»Okay«, sagt Lino. »Ich krieg auch so raus, was Malle von dir wollte.« Er wirft seinem Beulenkumpel einen wichtigen Blick zu.

Ella lässt die Jungs einfach stehen und geht aufs Klo, holt den Zettel aus der Tasche und liest:

Hallo Leute! Wer hat Lust, richtig coolen Fußball zu spielen? Wir stellen eine echte Schulmannschaft auf, mit Jungs und Mädchen, ein »mixed team«. Ihr müsst älter als neun sein und jünger als zwölf. Auch Südtiger sind willkommen!
Bitte meldet euch bei Marvin Winter (Klasse 5 a) oder Herrn Kübel, unserem Sportlehrer. Alles Weitere erzählen wir euch am Mittwoch, 16 Uhr in der Turnhalle. Bitte Sportzeug mitbringen!

Ella zieht einen Stift aus der Hosentasche und schreibt »Jipiiiih!« quer über die Toilettentür.

Am Mittwochmorgen ist Ella schon lange vor dem Wecker wach. Sie springt aus dem Bett und geht im Schlafanzug in die Küche. Papa sitzt am Tisch und liest Zeitung. Er hat seine Krawatte über die Schulter gelegt, damit sie ihm nicht auf den Marmeladentoast fällt.

»Hallo Schnecke, so früh schon munter?« Ella gibt Papa einen Kuss. Er hat frühmorgens ganz weiche Wangen. Abends kommt er kratzig nach Hause.

»Geht es dir gut?«, fragt er hinter der Zeitung hervor.

»Ja. Ich spiel jetzt Fußball, in einer richtigen Schülermannschaft«, sagt Ella und sprudelt nur so los.

Papa faltet die Zeitung zusammen. Er schaut auf die blauen Flecke an ihren Handgelenken. »Was ist denn das?«

»Lino«, sagt Ella. »Wer sonst?«

»Und wieso?«

Ella zuckt die Schultern. »Du weißt doch, seitdem er seinen besten Spieler verloren hat, ist er nicht mehr zu ertragen. Das macht Lino stinksauer und seine Wut lässt er an mir aus.«

»Das geht aber jetzt zu weit!«, sagt Papa. Er zieht die Brauen hoch. »Fußball ist doch nur ein Spiel!«

Ella stöhnt. »Hast du 'ne Ahnung!«

Mama kommt im Bademantel in die Küche und gähnt. Sie freut sich, dass Papa Kaffee für sie gekocht und den Tisch gedeckt hat. Sie muss erst um halb neun ins Büro.

»Weckt mal einer Lino?«, sagt sie. »Ich hab es schon zweimal versucht, auf mich hört er nicht.«

»Ich geh da auf keinen Fall rein. Bin ja nicht lebensmüde«, sagt Ella.

»Na, na, na,«, sagt Papa. »So schlimm kann es doch wohl nicht sein.« Er kratzt sich am frisch rasierten Kinn. »Ich glaube, dann muss ich wohl mal ein Wörtchen mit ihm reden.«

Mama und Ella nicken. Papa steht auf und geht Lino wecken. Nach fünf Minuten hören sie eine Tür knallen und dann knallt noch mehr. Es hört sich an, als würde Lino sämtliche Klamotten gegen die Tür werfen.

Papa kommt wieder und sagt: »In so einem Zustand rede ich nicht mit ihm.«

»Martin, bitte«, sagt Mama. »Wenn du jetzt auch beleidigt bist, kommen wir nicht weiter. Lino rastet in letzter Zeit so schnell aus.«

Ella kann sich schon denken, was jetzt kommt:

»Dann setzen wir uns heute Abend alle zusammen an den Tisch und machen eine Familiensitzung«, sagt Papa.

Als wenn das etwas ändern würde.

»Gute Idee«, sagt Mama. »Nur, wie kriegen wir Lino jetzt in die Schule?«

Ist Ella doch egal, wie Lino in die Schule kommt. Sie schnappt sich ihre Fußballklamotten für das Probespiel am Nachmittag und macht sich schon mal auf den Weg. Das wäre vor ein paar Monaten noch undenkbar gewesen. Kaum zu glauben, was für einen Mordsspaß sie zusammen auf dem Schulweg hatten. Einmal hatten sie versucht, den ganzen Weg ohne Zunge zu reden, und äfften so Lehrer nach. Das konnte Lino am besten. Ella hätte sich beinahe vor Lachen in die Hose gepinkelt.

Jetzt kriegt er bestimmt Zoff mit Papa. Geschieht ihm recht. Was stellt er sich auch so starrköpfig an?

Malle und er waren ein super Team, hatten die ganze Mannschaft im Griff, auch ohne Lehrer als Trainer. Ella hatte die beiden oft genug beobachtet, besonders Malle. Wenn Lino ihn bloß nicht ewig rumkommandiert hätte – Malle stell dich da hin! – Zieh die Schultern ein! – Schieß doch mal mit links! Dabei ist Malle der absolute Profi. Ein Wunder, dass er es überhaupt so lange mit ihrem Bruder ausgehalten hat.

Im Unterricht kann Ella nicht aufpassen. In Mathe, bei den Aufwärmübungen, fällt ihr nicht ein, was 5 mal 13 plus 12 minus 28 ist. Selbst Aufgaben mit der Elferreihe, die sie vor- und rückwärts kann, hat sie nicht mehr im Kopf. Sie muss immerzu an Malle denken und an die Mannschaftsaufstellung heute Nachmittag. Wer wohl alles mitspielt? Sie beobachtet Bonita und duckt sich hinter Carmens schwarze Haare, damit der Hempstädt sie nicht sieht und gar nicht erst auf die Idee kommt, sie dranzunehmen. Am liebsten würde sie die Uhrzeiger anschieben, damit die Zeit schneller vergeht! Bonita meldet sich in einer Tour und flötet die Antworten mit zuckersüßer Stimme. Hatte sie die immer schon oder erst seitdem sie in Malle verknallt ist? Herr Hempstädt freut sich über alles, was sie sagt. Ella verzieht das Gesicht. Endlich klingelt es. Sie springt als Erste auf und rennt zur Tür, ist längst weg, bevor der Hempstädt sie zurückpfeifen kann. Die Hausaufgaben wird sie sich nachher von Carmen oder Steffi holen.

Auf dem Schulhof hält sie Ausschau nach Malle, aber sie sieht nur Lino. Er scheint also doch irgendwie aus dem Bett gekommen zu sein. Er steht mit Georg, dem Pinkler, und dem Beulenkumpel hinten am Hagebuttenbusch und redet auf sie ein. Bestimmt geht es um ihr nächstes Spiel. Ella isst einen Apfel im Gehen und setzt sich schon mal auf die Stufen vor die Turnhalle. Sie beißt genauso ab wie Malle gestern von seinem Apfel, dass es kräftig knackt.

Im Sportunterricht tobt sie sich aus, nach dem Zirkeltraining spielen sie Fußball. In jeder Mannschaft sind sieben Mädchen. Sie ist Mittelstürmerin. Im gegnerischen Tor steht Bonita.

Ella holt sich den Ball, spielt ihn zu Carmen. Carmen haut ihn zurück, Ella stoppt ihn mit links, täuscht ihre Gegnerin, läuft an Svenja vorbei. Svenja will sich den Ball holen, aber Ella schießt zu Birgit. Birgit verpasst den Ball, schlägt sich die Hand vor den Mund und sagt: »Oh!« Steffi stolpert und kickt den Ball an Svenjas Knie. Er fliegt ins Aus. Einwurf für Ellas Mannschaft.

Bonita, die die ganze Zeit wie King Kong im Tor hin und her gehüpft ist, stellt sich auf und reckt sich. Na warte! Der wird Ella schon Dampf machen.

Birgit wirft den Ball ein. Ella dribbelt ihn um Svenja herum, trickst auch Steffi aus und sprintet nach vorn, genau auf Bonita zu. Bonita bückt sich, ihre Gorillaarme berühren fast den Boden, bereit, den Ball zu fangen. Ella schießt mit Vollspann aufs Tor. Ein Wahnsinnsschuss, eine Granate! Aber Bonita hält den Ball und geht mit ihm zu Boden. Alle Mädchen klatschen!

Ella steht ein bisschen dumm herum. Sie war sich sicher gewesen, dass das ein Tor werden würde. Frau Wilms, die Sportlehrerin, ruft: »Super Parade,

Fiona! Olli Kahn hätte den auch nicht besser gehalten.«

Bonita strahlt und reibt sich die Seite.

»Du machst hoffentlich auch bei der neuen Fußballmannschaft mit?«, fragt Frau Wilms.

»Na klar!«, sagt Bonita. Sie hat immer noch den Ball unter den Arm geklemmt. Ella bleibt die Spucke weg. Seit wann dürfen Gorillas Fußball spielen?

Nach der Schule geht Ella mit zu Steffi nach Hause. Bei ihr daheim ist ja doch keiner da, nur die Mikrowelle. Und wenn sie Pech hat, Lino mit seinen Fußballfritzen. Steffis Mutter backt ihnen Pfannkuchen und sie schmieren sich dick Pflaumenmus darauf. Leider kann Ella nur einen verdrücken, der Magen ist zu, voller Vorfreude auf vier Uhr. Wer wohl alles kommt und wie das wohl ist, in einer eigenen Mannschaft zu spielen? Steffi holt ihre Diddl-Alben. Auch das noch!

»Willst du eigentlich wirklich beim Fußball mitmachen?«, fragt Ella.

»Klaro«, sagt Steffi. »Svenja und Carmen sagen, davon bekommt man schöne Beine.«

»Aber wenn man zu viel an Diddl-Blättern schnüffelt, sieht man den Ball nicht mehr.«

»Haha!«, sagt Steffi und legt die Alben wieder weg.

»War ja nur ein Scherz«, sagt Ella, ist aber froh, dass sie keine Diddl-Bilder angucken muss.

Endlich ist es halb vier. Um Viertel vor vier sind sie an der Turnhalle. Malle Winter kommt um zehn vor. Er hat seine schulterlangen Locken zu einem Pferdeschwanz gebunden und einen Ball unter dem Arm, sieht total süß aus! Dann biegt Frau Wilms um die Ecke.

»Hallo«, sagt sie. »Schön, dass ihr gekommen seid.« Sie gibt Steffi und Ella die Hand. Malle gibt ihnen auch die Hand. Ella hat Malle bislang noch nie die Hand gegeben, sie zögert, aber dann nimmt sie sie doch, schaut ihm in die braunen Augen. Gut, dass in dem Moment die anderen kommen: Carmen, Svenja und Bonita. Wer da alles mitspielen will! Ella staunt nicht schlecht. Jeder gibt jedem die Hand. Ella sagt: »Das ist ja ein richtiges Handspiel hier«, und alle fangen an zu lachen.

»Genau«, sagt Frau Wilms. »Vor dem Fußball kommt das Handspiel und ich möchte, dass wir uns vor jedem Training so begrüßen. Auf dem Feld ist Handspiel dann verboten.«

Ella verdreht die Augen. Hoffentlich wird hier nicht nur geredet, sondern auch Fußball gespielt. Bonita lächelt ihr zu, aber Ella tut so, als sähe sie das nicht.

Endlich trudelt auch eine Horde Jungs ein.

»Wir können ja schon mal in die Kabine gehen«, sagt Frau Wilms.

»Uff«, macht Steffi. »Sollen wir uns etwa mit

denen da umziehen?« Steffi zeigt auf die Jungs. Die Mädchen verziehen die Gesichter. Carmen tut so, als würde sie in Ohnmacht fallen.

»Quatsch«, sagt Frau Wilms. »Mädchen und Jungen haben eine eigene Umkleidekabine, eigene Klos, eigene Duschen. Wie beim Sportunterricht auch, ist doch klar!«

»Na, zum Glück«, sagt Carmen und rappelt sich wieder auf. Jetzt sind sie vollzählig: drei Jungs aus der Vierten wollen mitmachen und fünf aus der Dritten. Pascal Schulze ist auch dabei, der linke Verteidiger von den Südtigern. Ob Lino das schon weiß? Ella freut sich, dass auch richtige Könner dabei sind. Und mit denen darf sie jetzt zusammen spielen! Wann geht es denn endlich los? Ella wird schon ganz unruhig. Aber als Herr Kübel, der Sportlehrer der Jungs, da ist, fängt erst die Lagebesprechung an.

»Herr Kübel ist Trainer der neuen ›mixed Mannschaft‹«, sagte Frau Wilms. »Und ich bin eure Betreuerin – auch für die Jungs.«

Alle kichern. Betreuerin – wie hört sich das denn an?

»Wir wollen euch richtig fit machen. Das wollten wir ja schon mit den Südtigern, aber sie wollten ja keine Sportlehrer als Trainer und vor allem keine Mädchen in der Mannschaft. Vielleicht überlegen sie es sich ja jetzt anders und machen bei uns mit. Wir brauchen jede Menge gute Leute, sagt das weiter. Denn wir wollen die Schulmeisterschaft gewinnen. Wir wollen den Pokal!«

Alle klatschen. Herr Kübel fährt fort: »Wir wollen guten und schönen Fußball spielen und uns einen Namen machen, als erste gemischte Truppe in unserer Stadt.«

Ella beobachtet Bonita, wie sie Schulter an Schulter neben Malle steht. Zum Glück hat der die Arme vor der Brust verschränkt und beachtet sie nicht weiter.

»Und noch was«, sagt Frau Wilms. »Denkt bitte alle über einen Mannschaftsnamen nach.«

Die Kinder sollen sich jetzt umziehen. Es sind achtzehn Kinder da, elf Jungs und sieben Mädchen. Herr Kübel stellt drei gemischte Mannschaften mit je sechs Spielern auf. Sie sollen zweimal sieben Minuten spielen und die Verlierer gegen die restlichen sechs. Herr Kübel erklärt noch kurz die Funktion der einzelnen Spieler. Dann werden die Positionen aufgeteilt.

Ella ist mit Malle im Sturm, Carmen und Tom sind im Mittelfeld, Steffi, Pascal Schulze und der Ex-Tiger in der Abwehr. Bonita spielt in der gegnerischen Mannschaft und will unbedingt ins Tor.

»Ich kann das!«, ruft sie und strahlt. Ella schaut ihr nach, wie sie ins Tor geht. Dem Dickerchen wird sie es schon zeigen! Sie schwebt neben Malle her, zum Mittelpunkt der Halle.

Sie machen sich warm, Herr Kübel pfeift das Spiel an und Malle schießt sofort ein Tor. Keine Chance für Bonita, den Schuss zu halten. Der Ball ging weit über ihr ins Netz. Eins zu null für Ellas Mannschaft. Ella will unbedingt auch ein Tor schießen, aber andauernd kommt jemand und tritt ihr den Ball weg, verdammt noch mal! Jetzt steht sie frei; Malle reagiert sofort, passt ihr den Ball zu. Ella dribbelt an einem Jungen aus der 4 a vorbei, trickst den dicken Mustafa aus, stürmt durch eine Abwehrlücke aufs Tor – und schießt. Bonita hechtet vor und stürzt sich mit dem Bauch auf den Ball. Sie bekommt keine Luft mehr, man muss ihr beim Aufstehen helfen, Frau Wilms stützt sie, aber den Ball lässt Bonita nicht los. Schon wieder klatschen alle, auch Malle. Ella würde am liebsten im Boden versinken. Hier wird ja mehr geklatscht als gespielt! Einen Moment lang will sie alles hinschmeißen, abhauen, nichts mehr mit Fußball zu tun haben und Malles Passfoto in den nächsten Mülleimer werfen, da pfeift Herr Kübel das Spiel ab und lobt die Spieler und Spielerinnen. Jetzt sollen die anderen Kinder mal zeigen, was sie können.

Ella schaut ihnen zu. Steffi steht nur herum und zuckt zusammen, wenn der Ball kommt. Von den Jungs, die Ella nur vom Sehen her kennt, spielen einige ganz gut, lassen die Mädchen aber nicht an den Ball. Warum geht Hilde denn nicht mal mit ihren langen Beinen dazwischen?

Hinterher sitzen alle verschwitzt auf dem Boden und die Sportlehrer verteilen Zettel. Einen müssen sie von den Eltern unterschrieben mitbringen.

»Fürs erste Mal war es schon ganz gut«, sagt Frau Wilms. »Wir müssen uns ja auch erst mal richtig kennenlernen und dann werden wir uns schon richtig einspielen!«

Ella war alles viel zu kurz. Sie ist ja gar nicht richtig zum Zug gekommen. Das nächste Training ist Freitag, 16 Uhr.

»Dann geht es richtig los«, sagt Malle und zwinkert Ella zu.

Auf dem Rückweg kickt Ella alle Steine vom Gehsteig, die sie finden kann. Sie hat immer noch Malles Zwinkern vor Augen.

Endlich Freitag. Ella packt ihre Tasche. Ihre Fußballschuhe hängen aneinander. Sie zieht, aber was ist das? Die Schnürsenkel sind voller Knoten!

»Lino, du Arschgeige!«, flucht sie. Wer sonst sollte ihr die Fußballschuhe zusammenknoten? Ella bricht sich fast die Finger, versucht es mit einem Kugelschreiber, mit einem Brieföffner, aber sie kriegt die Knoten nicht auf. Es nützt nichts, sie muss eine Schere holen. Sie zerschneidet die Schnürsenkel, kocht. Ihre Finger zittern. Sie kann kaum die Schere halten, überlegt bei jedem Schnitt, was sie Lino zerschneiden könnte. Am liebsten würde sie sein ganzes Zimmer in den Reißwolf stecken. Aber jetzt muss sie erst mal sehen, woher sie neue Schnürsenkel bekommt. In einer halben Stunde beginnt das erste Training. Lino ist nicht da. Seine Fußballschuhe auch nicht. Seine anderen Schuhe haben Klettverschluss und die Bänder von den *adidas*-Turnschuhen sind zu kurz. Die aus Papas Schuhen sind auch zu kurz und Mama trägt nur Schuhe zum Reinschlüpfen. In der Schuhputzkiste liegt auch keine Ersatzpackung Schnürsenkel. So ein verdammter Mist aber auch!

Sie zieht die Bänder aus Linos Turnschuhen heraus, fädelt sie bei sich ein. Die oberen drei Löcher bleiben frei, die Zunge lappt weit heraus. Damit kann man rappen gehen, aber nicht Fußball spielen. Wenn sie diesen Idioten zu fassen kriegt!

Ella merkt, wie ihr Tränen über die Wange laufen, auf die Fußballschuhe tropfen. Sie wischt sich mit dem Handrücken über die Augen und geht in Linos Zimmer. Ihr Herz klopft wild. Einen Moment ist sie unschlüssig, dann reißt sie das Schweinsteiger-Poster ab, das handsignierte, das er über E-Bay ersteigert hat, damals, nach der EM. Sie kann nicht eher aufhören, bis sie Schweini in klitzekleine Fetzen zerrissen hat. Gerade als sie Lust kriegt, noch die anderen Fußballbilder von der Wand zu holen, hört sie die Haustür. Mama ist wieder da. Freitags kommt sie immer schon um drei nach Hause.

Ella zeigt ihr die verknoteten Schnürsenkel.

»Lass mich erst mal reinkommen«, sagt Mama, hängt ihr Jackett auf einen Kleiderbügel und streift sich die Pumps ab. Sie geht mit Ella zum Esstisch und schaut sich die abgeschnittenen Knoten an.

»Das ist ja nicht zu fassen«, sagt sie. »Wir müssen dringend mit Papa darüber reden. Dummerweise ist Papa vor Sonntag nicht da. Du weißt doch, er ist dieses Wochenende in Duisburg beim Klassentreffen.«

»Wir können auch ohne Papa darüber reden«, sagt Ella. »Schließlich ist Lino ja auch dein Sohn!« Sie ballt die Hände zu Fäusten und die Tränen laufen ihr immer noch über die Wangen. Mama nimmt sie in die Arme und drückt sie fest an sich.

»Das geht wirklich zu weit«, sagt sie und streichelt über Ellas Rücken. »Was ist nur mit dem Lino los in letzter Zeit? Was ist das nur für eine Phase?«

Phase, Phase … wie sich das anhört! Wenn Erwachsene nicht weiterwissen, liegt es immer an einer Phase, die die Kinder gerade durchmachen. Mama hat gesagt, Lino steckt gerade in einer aggressiven Phase. Dabei ist Lino ein Saukerl, durch und durch, ohne Phase, denn sonst würde er seiner Schwester ja nicht die neuen Fußballschuhe ruinieren!

Ella kickt wütend einen Stein aus dem Weg. Wie soll sie nur mit den halb geschnürten Schuhen spielen? Mama hat ihr zwar Geld gegeben, um neue Schnürsenkel zu kaufen, aber die kriegt man nur in der Stadt und bis in die Stadt schafft sie es vor dem Training nicht mehr, aber gleich Montag nach der Schule will sie ins Kaufhaus gehen und sich zwei Packungen kaufen. Mama hat ihr etwas mehr Geld mitgegeben, damit sie sich noch etwas anderes kaufen kann. Carmen, Svenja oder Steffi kommen bestimmt mit, die gehen ja so gern shoppen. Dass die jetzt auch beim Fußball mitmachen, findet Ella schon ein bisschen komisch, wo Steffi doch beim Sport schon jedes Mal zusammenzuckt, wenn sie nur einen Ball sieht. Aber Carmen ist gar nicht so schlecht und aus Svenja könnte eine gute Abwehrspielerin werden. Vielleicht hören sie dann ja auf, immer nur über Strumpfhosen, hochhackige Schuhe und Diddl zu reden, und werden wieder ganz normale Mädchen.

Als Ella auf den Schulhof kommt, sieht sie schon von Weitem Bonita mit Malle Winter vor der Turnhalle stehen. Malle dribbelt mit dem Ball wie ein Basketballspieler. Bonita versucht, ihm den Ball abzuknöpfen. Sie schafft es nicht. Malle kann eben nicht nur mit den Füßen gut dribbeln. Bonita schnauft schon. Kein Wunder, bei der Figur! Malle schaut hoch, sieht Ella und wirft ihr blitzschnell den Ball zu, aber Ella kann ihn nicht fangen, sie hat ihre Sporttasche in der Hand. Beinahe fliegt ihr der Ball ins Gesicht, aber da köpft sie ihn haarscharf über Bonita hinweg, an die Tür.

»Tor!«, sagt Malle und grinst anerkennend. Bonita zieht einen Apfel aus der Tasche.

»Seit wann isst du denn Äpfel?« – Das ist Ella herausgerutscht.

»Will ein bisschen fitter werden«, sagt Bonita mit vollem Mund und fragt, ob Ella auch mal beißen will. Ella lehnt ab.

»Und du?« Bonita hält Malle den Apfel hin. Er umfasst ihre Hand mit dem Apfel fest und beißt ab. Dabei schauen sie sich in die Augen. Ella fährt ein heißer Blitz durch den Magen.

»Äpfel sind genau das Richtige für Fußballer«, erklärt Malle. »Knackig, saftig und gesund.« Er schaut Bonita an. »Und fußballtechnisch bist du schon sehr gut im Tor.«

Sülz, Sülz! – Will sich wohl bei ihm einschmeicheln. Spult das volle Programm ab, das sie sich in der Pause aus ihren Girlie-Heften anliest, mit Augenaufschlag und Zähnezeigen. Ihre schwarzen Wimpern stoßen fast an ihre Brauen und die Zähne sind wieder mal schneeweiß und gehen bis in den Rachen. Wie bei Julia Roberts. Nicht dass Ella Julia Roberts toll findet. Die konnte sie noch nie leiden, diese grinsende Plastikkuh. Die sieht doch nur auf den ersten Blick schön aus! Aber Bonita ist noch schlimmer als Julia Roberts, weil Bonita nämlich auf den zweiten Blick schön aussieht. Und richtig dick ist sie eigentlich auch nicht. Aber das merkt man erst, wenn man länger hinschaut. Sie ist nur *korpulent*, wie Mama sagen würde. Für Ella bleibt sie trotzdem ein Kartoffelstampfer.

Malle und Bonita lachen. Ella hat leider nicht mitgekriegt, worüber. Steht da wie Klein-Doofi und würde am liebsten abhauen. Zum Glück kommen die anderen mit Herrn Kübel und Frau Wilms und schließen die Tür auf.

In der Umkleidekabine zieht sich Bonita neben Ella aus. Sie scheint sich für ihr Kartoffelstampferdasein noch nicht mal zu schämen. Sie lässt alle Hüllen fallen, nur das Bustier behält sie an. Es ist ein hellblaues mit breitem Bündchen. Das durften schon alle Klassenkameradinnen beim Sport bewundern.

Ein paar von den Mädchen haben so ein Teil, Bianca Blume, das alte Lästermaul, sogar mit Spitze.

Frau Wilms steht in der Tür und sagt: »Hört mal bitte alle zu! Zum Fußballspielen gehört auch die richtige Unterwäsche. Bittet eure Mütter, euch Sport-BHs zu kaufen. Das ist ganz wichtig und ...«

Ella wird rot. Sie braucht keinen BH. Sie ist dünn und zäh und wahrscheinlich wird sie nie solche Dinger haben, die sie in einen Sport-BH verpacken muss. Und Bonitas Höcker sind auch nur verrutschte Speckrollen. Ein richtiger Busen sieht doch anders aus: klein, weich und rund. So wie Mamas.

Ella bückt sich und zieht sich die Fußballschuhe an. Frau Wilms deutet auf die herauslappende

Zunge. »Du brauchst andere Schnürsenkel«, sagt sie.

»Ich weiß«, sagt Ella und muss sich beherrschen, sie nicht anzuschreien.

Frau Wilms verteilt schon wieder Zettel. »Mädchen und Fußball« steht darauf, als wenn das etwas Besonderes wäre. Seit Ella denken kann, spielt sie Fußball. Mit Lino hat sie schon bis aufs Blut um den Ball gekämpft, auch ohne Sport-BH. Also, was soll das Geschwätz?!

Ella steckt sich das T-Shirt in die Trainingshose, lässt das Gummiband an ihren flachen Bauch flutschen und stapft mit halb offenen Fußballschuhen nach draußen.

Bonita und Malle kommen hinter ihr her, holen auf und gehen neben Ella, aber die guckt nur auf den Boden und kickt jeden Kieselstein weg.

»Fußballtechnisch gesehen ...«, sagt Malle und zeigt auf ihre Füße, »... sind das aber nicht die richtigen Schnürsenkel.«

»Was du nicht sagst«, knurrt Ella, in einem Ton, als spräche sie mit ihrem Bruder und nicht mit Marvin Winter!

Sie gehen über den Spielplatz zum Sportplatz. Auf dem Klettergerüst sitzen zwei kleine Mädchen und knüpfen Scoubidubänder.

Bonita bleibt stehen. »Warte mal, ich hab eine Idee!« Sie läuft zurück zum Spielplatz. Ella sieht, wie sie mit den Mädchen auf dem Klettergerüst verhandelt. Sie zieht eine Münze aus der Trainingshose und gibt sie den Kindern. Dafür bekommt sie eine Handvoll Scoubidubänder. Sie rennt zu Ella und hält ihr die Bänder hin. »Hier, neue Schnürsenkel.«

Ella steht da wie erstarrt.

Bonita sagt: »Komm, wir probieren das mal aus. Setz dich hin und gib mir einen Schuh.«

Ella setzt sich auf den Boden. Malle lächelt das süßeste Jungenlächeln, aber über Ella hinweg, für Bonita.

»Das hält doch nie im Leben«, sagt Ella und schnappt sich ein Band. Es reißt schon beim ersten Versuch. »Siehste!«

»Dann nimm sie doppelt«, sagt Bonita. Sie gibt Ella zwei neue.

Das Einfädeln ist gar nicht so leicht, sie passen so gerade durch die Ösen und reichen weit über das letzte Loch hinaus. Sie kann noch eine Schleife mit Doppelknoten machen.

»Na prima«, sagt Bonita. »Und zwei haben wir noch zur Reserve. Die kommen jetzt auf die Reservebank.«

Ella ringt sich ein Lächeln ab.

Von Weitem ruft Malle: »Hey, Fiona, kommt ihr?«

»Sofort!« Ella steht auf. Warum ist sie nicht selbst auf die Idee mit den Scoubidubändern gekommen?

»Danke«, murmelt sie. »Das Geld geb ich dir morgen wieder. Wie viel haben die Bänder gekostet?«

»Ach«, sagt Bonita. »Lass uns zusammen ein Eis essen gehen, dann sind wir quitt.«

›Sonst noch was?‹, denkt Ella, dann traben sie beide auf das Spielfeld.

Sie sollen drei Runden um den Platz laufen, Bonita schnauft schon bei der zweiten; Ella läuft an Malles Seite. Jede halbe Runde spurten sie, dann verlangsamen sie das Tempo wieder, drehen wieder auf. Ella könnte noch drei Runden laufen, aber Herr Kübel pfeift und winkt sie aufs Feld.

Frau Wilms hat ein Netz voller Bälle. Sie bekommen zu zweit je einen Ball und dann wird Ballabgabe und -annahme geübt. Frau Wilms teilt ein: Bonita mit Stefan, Malle mit Hilde, Ella mit Tom. Sie erklärt, dass man den Ball mit der Sohle stoppt und mit der Innenseite des Fußes, dem Innenrist, schießt. Ella, Tom und die anderen, die sich auskennen, dürfen schon anfangen.

Herr Kübel geht mit ihnen in die eine Spielhälfte. Die Spieler sollen sich gegenüber aufstellen. »Fünf Meter Abstand lassen! Derjenige, der den Ball hat, läuft auf seinen Spieler zu. Dabei ganz eng am Ball bleiben!« Herr Kübel tänzelt mit dem Ball durch die Gegend. Es sieht ganz leicht aus, aber Ella weiß, dass es nicht einfach ist, mit dem Ball am Fuß zu rennen.

Tom ist fast einen Kopf kleiner als Ella. Sein Pony sieht aus wie ein frisch gemähter Fußballrasen. Er schießt extra stark, aber Ella stoppt jeden Ball. Er stolpert über ihre Bälle, muss hinterherlaufen und pfeffert sie noch stärker zurück, aber Ella kriegt sie trotzdem.

Sie hört, wie Herr Kübel ruft: »Tom, nicht so hart schießen, mehr stoppen und passen!«

Toms Mundwinkel hängen schon fast auf dem Boden. Als er bei Ellas nächstem Schuss in die Luft anstatt an den Ball haut, pfeift Herr Kübel auf seiner Trillerpfeife. »Ella«, sagt er und grinst ein bisschen. »Nicht tricksen, sondern ganz normal passen!«

»Ich trickse ja gar nicht!«

»Tust du doch!«, sagt Tom. »Du schneidest jeden Ball an. Das ist fies.«

»Na, fies ist es nicht«, sagt Herr Kübel, »sondern reiner Spieltrieb, stimmt's, Ella?«

Ella nickt.

»Aber jetzt kick ihn zum Üben bitte gerade rüber. Und denkt dran, ihr seid in einer Mannschaft und müsst *miteinander* spielen, nicht *gegeneinander*, sonst kann man nicht gewinnen!«

Als Nächstes ist Zweikampf dran. Im Dribbeln

ist Tom gar nicht so schlecht, aber Ella findet immer eine Gelegenheit, ihm den Ball abzunehmen. Das hat sie mit Lino früher stundenlang geübt. Keiner kann so gut mit dem Ball umgehen wie ihr Bruder. Er jongliert den Ball von einem Fuß auf den anderen, dribbelt dem anderen vor der Nase her und schlägt Haken.

Aber nach und nach hat Ella den Dreh rausgekriegt und auch ihm die Bälle abgespitzelt. Wenn sie ihm beim Rumbolzen drei-, viermal die Bälle hintereinander abgenommen hatte, wurde er sauer und fing an, mit den Ellenbogen zu schubsen oder sie mit der Schulter wegzurempeln.

Aber sie hat dagegengehalten, und das letzte Mal, als sie zusammen gespielt haben, ist aus der Rangelei plötzlich eine heftige Rempelei geworden. Der Ball war längst weg und Lino hielt sie am T-Shirt fest und dann hat sie ihn volle Pulle geschubst und er hat volle Pulle zurückgeschubst und dann haben sie sich über den Platz gewälzt. Den Ringkampf gewann er und sie war so was von wütend, als er sie auf den Rücken legte und die Arme über den Kopf bog, dass sie ihn angespuckt hat. Leider traf ihn nur ein bisschen Sprühregen, weil sie vom Spielen und Raufen einen trockenen Mund hatte, und der Rest kam zu ihr zurück.

»Mit dir spiel ich nicht mehr«, hat er gesagt und dabei ist es geblieben.

Tom jagt ihr den Ball ab. Sie hat nicht aufgepasst. Aber sie holt ihn sich schnell wieder und dann dribbeln sie zusammen aufs Tor zu. Das geht schon ganz gut.

Zum Abschluss üben sie Elfmeterschießen. Bonita geht ins Tor. Herr Kübel steht neben ihr und gibt Anweisungen.

Bonita nickt zu allem, sagt, sie habe oft genug mit ihrem Vater Fußball gespielt. Der habe sie im Urlaub, in Italien, am Strand immer ins Tor gestellt. Sie wisse Bescheid. Sie spuckt in die Torwarthandschuhe.

Der Erste, der schießt, ist Malle. Er rennt an, verzögert kurz vor dem Ball, schaut in die linke Ecke und schießt in die rechte. Bonita hat keine Chance.

Herr Kübel lacht anerkennend, Bonita schnauft und Ella kann sich ein schadenfrohes Grinsen nicht verkneifen.

Auch Malles nächste beiden Schüsse sind Volltreffer. Herr Kübel erklärt Bonita, was sie ändern muss.

Bonita nickt immerzu und sieht verloren aus in dem großen Tor. Alle gucken sie an. Sie beißt sich auf die Unterlippe und versucht, sich auf den Ball zu konzentrieren. Toms Schuss hält sie. Er hat aber auch genau auf den Mann gezielt – vielmehr auf die Frau. Den zu halten war kein Kunststück.

Dann legt sich Ella den Ball zurecht. Sie holt aus, schneidet den Ball an, er fliegt einen Bogen und landet am Pfosten. Ella stampft wütend mit dem Fuß auf. Dann ist Steffi dran. Die trifft nicht mal das Tor und tut sich am Zeh weh.

Später, in der Umkleidekabine, lobt Frau Wilms, dass sie alle wunderbar gespielt hätten. »Ihr wart riesig! Und denkt dran, nur gemeinsam sind wir stark!«

Ella ärgert sich immer noch über ihren Patzer. Sie hängt mit dem Oberkörper über den Knien und fummelt den Doppelknoten in den Scoubidubändern auf. Steffi jammert wegen ihrem Zeh. »Ich glaube, Fußball ist doch nicht das Richtige für mich«, sagt sie.

Einsicht ist der erste Weg zur Besserung.

Bonita steht schon draußen vor der Tür und quatscht mit Malle. Man hört sie bis in die Umkleidekabine. Als Ella endlich fertig ist, stehen die beiden immer noch da. Sie reden über Fußball, klar, Malle hat sie noch nie über etwas anderes reden hören, aber er sieht so verdammt niedlich aus dabei. Warum erzählt er nicht ihr was von Fußball? Glaubt er etwa, sie weiß schon alles? Dann könnte man sich ja erst recht unterhalten, von Fachmann zu Fachfrau sozusagen, aber lieber quatscht er Bonita voll.

Und es sieht nicht so aus, als würden die beiden sich gleich trennen.

»Kommst du mit, Bonita, ich kauf dir jetzt ein Eis«, sagt Ella und wird knallrot, denn die beiden fangen laut an zu lachen.

»Ja, Mutti«, sagt Malle.

»Ich meine ...«, Ella pustet sich Luft auf die Stirn, tut so, als sei ihr noch vom Training heiß. »Ich schulde ihr noch ein Eis.«

»Total nett«, sagt Bonita. »Aber ich muss nach Hause, auf meine kleine Schwester aufpassen. Vielleicht morgen?«

»Ja, vielleicht«, brummt Ella.

Malle muss noch mal zu Herrn Kübel. Bonita und Ella gehen zusammen bis vor die Schule. Dann trennen sich ihre Wege. Ella biegt um die Ecke und rennt gleich los.

»Ciao!«, ruft Bonita ihr hinterher.

Zu Hause sitzt Mama mit Marion, ihrer alten Schulfreundin, am Tisch.

»Ella«, sagt sie. »Warte mal. Ich muss mit dir reden.« Mama tätschelt Ellas Arm. Ihre Lockenwelle, die sie sich jeden Morgen anföhnt, ist längst ausgehangen, sie streicht sich die Haare hinter die Ohren, das tut sie immer, wenn sie nervös ist. »Lino ist stinksauer. Du weißt, wieso.« Ihre Stimme klingt streng.

Ella zieht den Arm weg und schimpft los – klar

habe sie das Poster zerrissen und er könne froh sein, dass sie aus seinem Zimmer nicht Kleinholz gemacht habe. Sie verschränkt die Arme vor der Brust. Marion macht ein besorgtes Gesicht. So gucken Erwachsene immer, wenn sie mal wieder nichts verstehen. Ella kann Marions Gesichtszüge fast so gut lesen wie die ihrer Mutter.

»Da bin ich aber froh, dass du dich nur mit dem Poster begnügt hast«, sagt Mama ironisch. »Hör mal zu! Ihr beiden müsst dringend wieder eine andere Ebene finden. Aufeinander einschlagen und dem anderen was kaputtmachen ist keine Art!«

»Ja!«, schreit Ella. »Wem sagst du das?! Ich weiß auch nicht, was der Hirni in der letzten Zeit hat! Das könntet ihr ja mal klären, ihr seid schließlich die Eltern. Aber wenn man euch braucht, seid ihr nicht da.«

»Ich bin ja da«, sagt Mama.

»Aber du knöpfst dir Lino nicht vor! Und Papa ist immer irgendwo, in der Firma oder beim Chor oder auf einem Klassentreffen ...«

Ella weiß, dass das nicht stimmt. Aber es tut gut, so herumzumeckern. Mama guckt auch schon ganz besorgt. Sie steht auf und nimmt Ella in die Arme. Ella fängt an zu weinen. In dem Moment hört sie die Haustür ins Schloss fallen.

Lino kommt in die Küche. Ella schluckt ihre Tränen hinunter, als er sie entdeckt.

»Du beschissene Kuh!«, schreit Lino, da sagt Marion: »Aber Lino, wie redest du denn mit deiner Schwester?«

»Die beschissene Kuh hat mein allerbestes Poster zerrissen!«

»Weil du beschissener Ochse meine Schnürsenkel verknotet hast!«, schreit Ella zurück.

Mama haut mit der Faust auf den Tisch und ruft: »Nun ist aber Schluss! Ich will nichts mehr hören!« Mama kriegt einen rot gefleckten Hals. Dann ist es höchste Zeit, die Klappe zu halten. »Wir reden nicht so«, sagt sie.

Lino zieht beleidigt ab in sein Zimmer und Ella will auch gehen, aber Mama hält sie fest und Marion ist vom Tisch aufgestanden und versperrt ihr den Weg.

»Bleib doch bei uns und iss erst mal was«, sagt Mama.

Ella lässt sich auf einen Stuhl plumpsen. Etwas zu essen ist bestimmt keine schlechte Idee. Es gibt Spinatlasagne, eins ihrer Lieblingsgerichte, von Mama selbst gekocht. Sie will auch gar nicht mehr in ihr Zimmer, da wird sie nur wieder wütend. Mit Marion und Mama ist es immer sehr gemütlich. Die beiden lachen viel, erzählen liebend gern von früher, haben ganz schön viel Mist in der Schule gemacht. Marion hat das Klassenbuch geführt und ihre beste Freundin als entschuldigt eingetragen, in Druckschrift, ohne Unterschrift, wenn Mama manchmal schwänzte.

»Wenn das rausgekommen wäre«, hat Marion mal gesagt, »wären wir in Teufels Küche gekommen. Und nur, damit deine Mama in Ruhe knutschen gehen konnte.«

Mama hatte damals in der Siebten einen total süßen Freund aus der Neunten, mit dem sie sich heimlich getroffen hat. Und dann haben sie auf einer einsamen Bank im Park rumgeknutscht. Früher war Ella empört über die Geschichte. Wie konnte Mama so etwas tun?! Aber je öfter sie sie hört, desto interessanter findet sie sie und bittet die beiden auch jetzt, sie noch mal zu erzählen. Aber Mama ist nicht in Stimmung für alte Knutschgeschichten. Sie ist traurig, wie immer, wenn Lino und sie sich so doll streiten.

Ella steht auf und hilft, den Tisch zu decken. Die Lasagne schmeckt köstlich. Marion findet das auch, aber Mama scheint keinen großen Appetit zu haben. Sie schaut in Richtung Linos Zimmertür.

»Ach, lass den doch«, sagt Ella. »Der verhungert schon nicht.«

Lino bleibt in seinem Zimmer, obwohl er sonst immer eine halbe Lasagne allein verdrückt. Soll er doch, der alte Sturkopf! Ella erzählt vom Training. Marion kennt sich aus mit Fußball, ihre Zwillinge waren jahrelang im Fußballverein.

»Wir werden schon bald unser erstes richtiges Spiel haben«, sagt Ella.

»Gegen wen denn?«, fragt Mama.

»Keine Ahnung. Mal sehen, wer sich traut.«

Da geht die Tür auf und Lino steht in der Küche.

»Spielt doch gegen uns«, ruft er. Seine Stimme zittert.

Mit der leckeren Lasagne im Magen und der gemütlichen Stimmung am Tisch hat Ella überhaupt keine Kraft mehr zu streiten.

»Gut«, sagt sie. »Von mir aus gerne!«

Wie soll denn nun unsere Mannschaft heißen?«, fragt Frau Wilms. Sie hat alle Namensvorschläge an die kleine Wandtafel neben dem Tor geschrieben. Die Kinder hocken in der Turnhalle, gleich geht das Training los.

»Real Bomberos« steht an der Tafel, »Rot-Weiß Drachenblut« und »1. FC KickerInnen«. Der letzte Vorschlag kam von Svenjas Mutter. Svenja sagt, ihre Mutter fände es schön, wenn man im Namen schon sehen kann, dass da auch Mädchen mitspielen. Ella findet 1. FC KickerInnen genauso bescheuert wie Rot-Weiß Drachenblut. Das kam vom kleinen Tom. Leider ist Ella überhaupt nichts eingefallen. Also kann sie auch nicht meckern. Frau Wilms schreibt die ganze Tafel voll. Ella wird unruhig. Sie meldet sich.

»Die Südtiger möchten gern gegen uns spielen«, platzt sie heraus. Alle schauen sie an. »Mein Bruder, der Kapitän, hat uns herausgefordert.«

»Im Ernst?«, sagt Herr Kübel.

»Ja«, sagt Ella. »Von ihm aus schon am nächsten Wochenende. Ein richtiges Spiel!«

Herr Kübel lächelt gequält. »Ella, Ella, da haben wir noch nicht mal einen Namen für unser Team und sollen schon gegen die Südtiger spielen? Also, ich finde, wir sollten uns lieber auf das Training konzentrieren. Bei uns geht ja noch alles holterdiepolter.«

»Obwohl«, sagt Frau Wilms und wiegt die Kreide in ihrer Hand. »Ihnen zu zeigen, wie es bei einem richtigen Spiel zugeht, wäre bestimmt eine wertvolle Erfahrung.«

»Also, ich bin bereit!«, sagt Malle.

»Ich auch«, sagt Bonita.

Tom, Carmen und Rufus sehen auch so aus, als fänden sie die Idee toll. Die anderen schauen eher hilflos durch die Gegend.

»Lasst uns doch erst mal einen Namen finden«, drängt Herr Kübel, »dann sehen wir weiter.«

Jeder hat eine Stimme. Carmens Vorschlag gewinnt: MM Victoria! MM steht für »Mixed-Mannschaft«, und Victoria, weil *victory* Sieg heißt.

Ella ist begeistert. »Super!«, sagt sie. »Hört sich gut und stolz an und nicht so kindisch wie ›Südtiger‹ – wo doch unsere Schule schon Südschule heißt.«

»Du scheinst ja richtig in Kampflaune zu sein«,

lächelt Frau Wilms. »Jetzt zieht euch um und dann zeigt mal, was ihr könnt. Dann sehen wir ja, ob man euch schon auf einen richtigen Fußballplatz lassen kann.«

Die Jungs schubsen sich gegenseitig mit den Fußballtaschen, Rufus Melk sagt: »Die machen wir fertig«, und reckt die Faust in die Luft. Dann gehen sich alle umziehen.

Herr Kübel scheucht sie heute besonders lange um den Platz, das findet sogar Ella. Drei Runden plus eine halbe im Spurt! Bonita bricht fast zusammen, als Ella mit letzter Kraft an ihr vorbeiläuft. Hilde mit den langen Beinen kann zwar schnell sprinten, kommt aber nicht mehr dazu, denn in der dritten Runde hält sie sich die Seite und keucht: »Ich kann nicht mehr.«

Von den Jungs sind auch nicht alle so fit, wie sie sein sollten. Aus der Vierten sind zwei Dicke dabei, Mustafa, genannt Döner, und der blonde Manuel. Die beiden schleppen sich nur durch die Gegend. Der kleine Tom kann keine Runde ohne seine Trinkflasche überstehen und Rufus Melk, der eine holländische Oma hat, eiert mehr, als dass er rennt, und ist käsebleich im Gesicht. Herr Kübel pfeift mit seiner Trillerpfeife und winkt alle auf den Platz.

»Gar nicht erst kalt werden«, sagt er. »Jetzt üben wir Dribbeln und gezieltes Schießen.«

Ella lässt den Ball nicht vom Fuß und beobachtet Bonita. Die dribbelt auch nicht schlecht, spielt die Bälle gut um den Gegner herum, verlagert ihr Gewicht, täuscht und tut so, als wolle sie links vorbei, geht dann aber rechts vorbei. Rufus Melk, ihr Partner, läuft mehrere Male ins Leere.

»Wunderbar!«, lobt Herr Kübel. »Das sind ja schon richtige Übersteiger.«

Wahnsinn! Woher Bonita das nur kann?! Hat sie die Übersteiger etwa auch mit ihrem Vater in Italien am Strand geübt?

Jetzt soll Bonita ins Tor. Malles erster Schuss geht voll ins Netz, Ellas auch. Sie springt in die Luft und juchzt! Bonita-Gorilla sieht ein bisschen verloren aus. Den nächsten Schuss von Malle hält sie. Malle nickt anerkennend.

Ellas nächster Schuss prallt an der Latte ab. Dafür könnte sie sich in den Hintern beißen.

Bonita sagt: »Macht doch nichts. Schieß noch mal!« Aber Ella gibt den Ball an Tom weiter. Den faustet Bonita weg wie nichts.

»Und jetzt geht's ran an den Speck!«, sagt Frau Wilms. »Wir spielen zwei mal zwanzig Minuten.«

Herr Kübel teilt die Mannschaften auf, Ella spielt mit Tom, Rufus, Carmen, Hilde und José zusammen, leider ist auch Steffi in ihrer Mannschaft. Steffi, die so zart an den Ball tickt, als wäre er ein Schmetterling. Herr Kübel pfeift an. Ella legt sich mächtig ins Zeug, schießt schon in den ersten

Minuten das erste Tor. »Vic-to-ri-a!« schreit sie in die Luft. »Vic-to-ri-a!« Sie spielt gegen Malle. Der schießt den Ausgleich.

Nach zehn Minuten wird der dicke Döner ausgewechselt. Er wischt sich den Schweiß mit dem T-Shirt ab und sagt: »Reservebank ist auch geil!«

Der Kübel brüllt über den Platz: »Ihr müsst euch anbieten, immer anbieten, Hilde! Mach schon! – Und Rufus, bist du blind? Da steht ein Mann frei. Nun spiel ihn an! Steffi und José, bisschen mehr Tempo! Meine Oma ist ja schneller am Ball als ihr!«

Nach zwanzig Minuten steht es zwei zu zwei. Herr Kübel und Frau Wilms klopfen allen auf die Schulter. Ella dampft. Ihr rinnt der Schweiß den Nacken hinab.

»Habt gut gekämpft!«, sagt Frau Wilms. »War echt riesig!«

»Nur das Miteinander muss noch stärker werden«, sagt Herr Kübel. »Ihr müsst mehr gucken! Abgeben. Schließlich sind wir eine Mannschaft!«

»Genau«, sagt Malle, der als Libero das Spiel von hinten gesteuert hat. »Wir sind MM Victoria! Wir werden die Südtiger besiegen!«

»Vic-to-ri-a!«, schreit er und reckt die Arme in die Luft. Und alle rufen mit: »Vic-to-ri-a!«

Damit ist also alles klar. Sie werden die Herausforderung annehmen!

Auf dem Weg in die Umkleidekabine bleibt Ella bei Malle stehen. Sie will unbedingt mitkriegen, was er mit José und Pascal Schulze bespricht. Die drei kennen sich ja bestens mit der Spieltaktik der Tiger aus. José hat bis vor Kurzem auch bei den Südtigern gespielt.

»Unsere Chancen zu gewinnen stehen nicht schlecht«, sagt Pascal. »Die haben ein tiefes Loch in ihrer Mannschaft. Du bist weg, Malle ist weg, ich auch und die Berger-Brüder aus dem Mittelfeld sind letzte Woche abgesprungen. Hatten auch keinen Bock mehr auf Linos Generve. Die wollen jetzt im Verein spielen.«

»Da muss Lino sich aber schnell was einfallen lassen, wo er bis zum Wochenende gute Leute herkriegt.«

»Mein Cousin hat erzählt, dass er sogar schon versucht hat, welche von den Skateboard-Jungs anzuheuern«, sagt José. »Aber die haben keinen Bock und keine Zeit, Fußball zu spielen. Die gehen jeden Tag auf ihre Bretter und üben vorm Museum, in der Stadt. Treppen runter, Treppen rauf und über das Geländer – das müsst ihr euch mal angucken, da schlackern euch aber die Ohren!«

Im Umkleideraum kommt Bonita auf Ella zu. »Vielleicht wäre es besser, die Südtiger und Victoria würden sich zusammentun. Dann könnten wir gemeinsam um die Schulmeisterschaft spielen und hätten bestimmt mehr Chancen, den Pokal zu gewinnen.«

»Willst du jetzt kneifen oder was?«, sagt Ella und schaut Bonita böse an.

»Kneifen nicht, aber was sollen wir Kräfte verschwenden, wenn es auch anders geht? Und irgendwie tut mir dein Bruder leid.«

Ella platzt gleich der Kragen! Erst schleimt Bonita sich bei Malle ein und jetzt hat sie auch noch Mitleid mit Lino!

»Du weißt ja gar nicht, was für ein Großkotz mein Bruder ist!«, herrscht Ella sie an. »Frag doch Malle!«

Sie hätte sich auf die Zunge beißen können. Da hängen Bonita und Malle einmal nicht zusammen und dann drängt sie sie auch noch zu ihm!

»Außerdem hat Herr Kübel meinen Bruder längst gefragt, ob er bei uns mitmachen will, samt seiner Mannschaft oder dem Rest, der noch übrig geblieben ist. Er hat Nein gesagt. Lino kriegt man nicht so schnell klein.«

»Das hört sich ja an, als wärst du doch ein bisschen stolz auf ihn«, sagt Bonita und grinst sie von der Seite her an.

»Quatsch!« Ella zieht sich die Schienbeinschoner aus den Strümpfen. Bonita grinst immer noch so dämlich.

»Ist doch schön, auf die Geschwister stolz zu sein«, sagt sie. »Ich bin jedenfalls total stolz auf meine große Schwester. Evelina hat letztens beim Halbmarathon mitgemacht. Stell dir vor, 20 Kilometer laufen! Und meine kleine Schwester Sonja ist so was von süß!«

Ella verdreht die Augen. Jetzt fängt die auch noch mit ihren Schwestern an! Sie stopft ihr Sportzeug in die Tasche. Die blöden Socken fallen immer wieder heraus. Herrgott noch mal!

»Mir tut Lino jedenfalls leid«, sagt Bonita. »Zuerst waren alle stolz, weil er eine eigene Mannschaft auf die Beine gestellt hat, und jetzt will keiner mehr was von ihm wissen.«

»Stimmt ja gar nicht!«, blökt Ella sie an. »Er ist unerträglich, immer am Rumkommandieren und alles muss nach seiner Pfeife gehen. Er bestimmt, wer mitspielen darf und wer nicht. Und ich durfte nicht mitmachen, nur weil er meint, Mädchen hätten auf dem Fußballplatz nichts zu suchen.«

Bonita klimpert mit ihren langen, schwarzen Wimpern. »Wahrscheinlich hat er nur keinen Bock auf seine kleine Schwester.«

Ella denkt, sie hört nicht richtig. Am liebsten würde sie Bonita einen Schienbeinschoner an den Kopf donnern.

»Mal ehrlich, wenn du an seiner Stelle wärst, würdest du dich auch grün und blau ärgern, oder?«

»Bist du etwa in Lino verknallt, oder was?« Ella hat langsam die Nase voll.

»Man muss ja nicht immer gleich verknallt sein, nur weil man versucht, sich in eine andere Lage zu versetzen. Aber süß ist er schon, dein Bruder.«

»Ach, und ich dachte, du findest Malle süß!« Das ist ihr jetzt so rausgerutscht. Sie könnte sich schon wieder auf die Zunge beißen.

»Wie kommst du denn darauf?«, fragt Bonita und macht extragroße Augen.

»Steht ja sogar an der Toilettentür. Oder hast du das Herz noch nicht gesehen?«

Bonita prustet los. »Doch. Ich hab's sogar dahin gemalt.«

Aha! Das hat Ella ja schon vermutet.

»Malle ist doch ein hübscher Kerl, oder?«

»Dann bist du also doch in ihn verknallt?« Ella fühlt ihren Herzschlag im Hals.

»Du etwa nicht?«

Ella muss schlucken.

»Mann ey, nun mach dir doch nicht gleich in die Hose, nur weil wir den gleichen Typen niedlich finden.«

Ella sagt nichts, hebt die blöden Socken auf und steckt sie in die Jackentasche.

»Komm, das ist jetzt unser Geheimnis.« Bonita lächelt sie an.

Ella will mit Bonita keine Geheimnisse haben.

»Ich bin aber nicht in Malle verknallt«, sagt sie, auch wenn es nicht überzeugend klingt.

Bonita verdreht die Augen. Ella schnappt sich ihre Sporttasche und läuft los.

»Dann bist du es eben nicht!«, ruft Bonita hinter ihr her. »Dann eben nicht!«

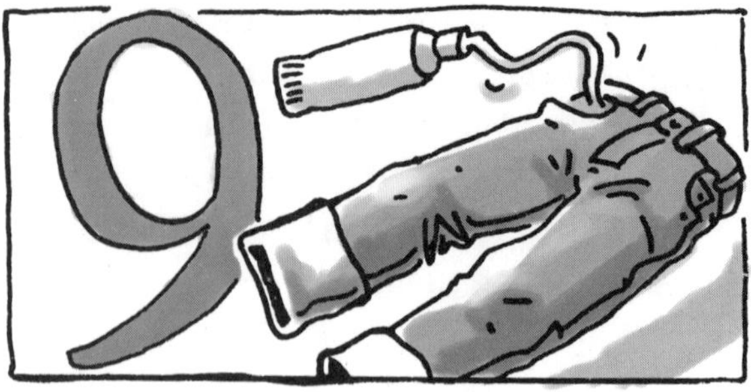

Zu Hause hängt Lino an der Strippe. Spricht plötzlich leiser, als er Ella sieht, geht in sein Zimmer. Ella lauscht an der Tür, aber jetzt sagt der Esel nichts mehr. Sie will gerade ins Bad gehen, da hört sie ihn herumschnauzen: »Die Abwehr funktioniert so nicht, du Idiot! Georgie ist hinten zu fahrig. Der haut, wenn's brenzlig wird, daneben!«

Aha. Georgie, der Pinkler. Kann also nicht nur das Klo nicht treffen, sondern auch nicht den Ball. Ella grinst, fährt die Ohren aus, hört leider nichts mehr, aber sie kann sich schon denken, mit wem er telefoniert, mit seinem Beulenkumpel, einem seiner letzten Vertrauten bei den Südtigern.

Ella geht ins Badezimmer. Sieht ja nicht gut aus für Lino. Und wenn das stimmt, was José gesagt hat, dass er sogar schon die Skateboard-Jungs angehauen hat … dann steht es wirklich schlimm um ihn.

Ella wäscht sich die Hände. Selber schuld, kann sie da nur sagen. Das hat er nun davon, dass er so stur ist. Mit Malle und ihr in der Mannschaft hätte er jetzt keine Probleme. Soll er seinen Beulenkumpel ruhig anschreien, dann läuft der ihm auch noch weg.

Ella stellt sich vor, wie Lino dann zu ihr kommt, sie bittet, dass sie bei ihm mitspielen soll, um seine Mannschaft zu retten!

»Bitte, Ella! Bitte!«, hört sie ihn sagen und sie würde keine Miene verziehen. »Bitte, Ella«, würd er es noch mal versuchen, aber selbst wenn er auf allen vieren vor ihr kröche, sie würde den Kopf schütteln und Nein sagen. Mehr nicht. Nur Nein! – Sie sieht genau vor sich, wie sie Nein sagen würde. Soll er doch sehen, wie er klarkommt. Und sich von ihr aus von Bonita trösten lassen.

»Schmatz! Schmatz!«, macht sie zum Spiegel und schürzt die Lippen. Dann entdeckt sie Linos Lieblingsjeans, schön zusammengefaltet, frisch gewaschen. Die will er bestimmt gleich anziehen. Ella nimmt die Zahnpastatube und drückt ihm einen fetten blauen Wurm in die Hosentasche. »Für frischen Atem!« Dann schreit sie dreimal »Vic-to-ri-a!« in die Badezimmerluft.

Die nächsten Tage ziehen sich. Nerverei mit Herrn Hempstädt und in Englisch versteht sie auch immer weniger. Aber das Spiel gegen die Südtiger steht jetzt fest. Samstag, um 15 Uhr mitteleuropäischer Zeit, ist es so weit. Darauf muss sie sich voll und ganz konzentrieren.

Beim letzten Training, am Freitag, stellt sich heraus, dass der kleine Tom besser links außen als rechts außen eingesetzt werden kann und dass Hilde ins zentrale Mittelfeld kommt. Pascal und Ella sollen im Sturm spielen und Bonita im Tor. Malle ist Libero.

Ella hätte ja lieber mit Malle im Sturm gespielt. Aber wenn es der Sache dient, dann muss es eben sein.

Steffi, Döner und Manuel sollen auf die Reservebank. Endlich der Anpfiff. Es wird ein ziemliches Gewurschtel. Ella verschießt zweimal hintereinander den Ball, so was hat die Welt noch nicht gesehen! Aber auch Malle und Pascal machen Fehler. Der Kübel schreit sich die Lunge aus dem Hals und wechselt Steffi gegen Tom aus! Hat der sie noch alle? Und was tuschelt Malle da hinten immer mit Bonita herum?

Mit Wut im Bauch lässt es sich auch nicht präziser schießen. Ella hat schon wieder nur den Ball gestreift, obwohl sie ihn zielsicher zu José schießen wollte. Jetzt haut Malle auch Löcher in die Luft. Kein Wunder! Die Einzige, die supercool und immer im richtigen Moment zur Stelle ist, ist Bonita. Da kann man nichts gegen sagen. Sie springt im Tor von einer Ecke zur anderen und hält alles! Und sieht auch gar nicht mehr wie ein Gorilla aus.

Nach dem Spiel hocken alle wie begossene Pudel auf dem Platz.

Ella brennt der Hals. Sie ist zwar dank Lino hartes Training gewöhnt, aber jetzt ist selbst sie fix und fertig. Da nützt es ihr wenig zu wissen, dass, wenn man meint, man schafft keinen Schritt mehr vorwärts, es plötzlich wie von selbst läuft. Das Spiel heute war einfach nur furchtbar. Wenn sie sich morgen solche Patzer erlauben, dann gute Nacht. Sie lässt sich rücklings auf den Rasen fallen. Hoffentlich kommt jetzt keiner von den Südtigern vorbei. Das wäre oberpeinlich!

Frau Wilms versucht, die Spieler mental aufzubauen. Das sagt sie jedenfalls, aber Ella kann gar nicht mehr zuhören und will heute auch nicht mehr aufgebaut werden. Sie weiß selbst, was sie falsch gemacht hat.

Plötzlich meldet Steffi sich. Sie ist knallrot im Gesicht. Eine Tomate ist nichts dagegen. Sie sagt: »Ich hör auf! Ich kann das nicht. Und ich will auch morgen nicht mitspielen. Nicht mal auf der Reservebank sitzen. Mir tut immer noch der Zeh vom letzten Training weh. Fußball ist nichts für mich. Das weiß ich jetzt!«

Ach, du meine Güte. Ella hat es ja geahnt. Alle gucken sich an und wissen nicht, was sie sagen sollen. Steffi sieht so aus, als würde sie gleich losheulen. Bloß das nicht!

Frau Wilms sagt, Steffi soll sich das doch noch mal in Ruhe überlegen. Aber Steffi schüttelt den Kopf. Ella hat sie noch nie so energisch gesehen.

»Na dann«, sagt Frau Wilms, »respektieren wir das natürlich.«

Sie schaut zum Kollegen Kübel. Der steht breitbeinig und mit verschränkten Armen vor ihnen und nickt. Frau Wilms lächelt zaghaft in die Runde.

»Also, ich find's *riesig* von Steffi, dass sie es wenigstens versucht hat. Nur so macht man wichtige Erfahrungen im Leben.«

Ella hat sich ja gleich gedacht, dass so eine Diddl-Maus wie Steffi nichts auf einem Fußballplatz zu suchen hat. Aber muss sie das ausgerechnet heute merken? Kein gutes Zeichen, wenn so kurz vor dem ersten Spiel einer aus dem Team aussteigt!

Carmen meldet sich. »Steffi, du kannst doch unser Maskottchen sein. Dann bleibst du trotzdem bei uns. Jede große Mannschaft hat ein Maskottchen.«

Das finden alle eine gute Idee.

»Ja«! ruft Bonita. »Du bringst uns Glück!«

»Glück können wir auf jeden Fall gebrauchen«, sagt Frau Wilms. Herr Kübel nickt kräftig. Dann fängt Malle an, im Sprechchor »Vic-to-ri-a!« zu rufen, und alle machen mit.

Herr Kübel ruft dazwischen: »Mit so einem starken Namen, so starken Spielern und Spielerinnen und so einem starken Maskottchen werden wir morgen gegen die Südtiger gewinnen! Und dann holen wir uns den Schulpokal! Vic-to-ri-a!«

Plötzlich kommt Leben in das Team. Ella fühlt sich gar nicht mehr so schlapp. Alle grölen und fallen sich gegenseitig in die Arme. Leider hat Ella nicht Malle erwischt. Der umarmt den kleinen Tom.

»Wer hätte das gedacht …«, sagt Frau Wilms, »… dass wir nach so kurzer Zeit schon so *riesig* spielen. Ich muss schon sagen, ihr habt euch alle *riesig* angestrengt und ich finde es *riesig* toll, dass wir gleich den Anpfiff zu einem hoffentlich wundervollen und vor allem fairen Spiel erleben werden.«

Endlich ist es so weit. Victorias erstes Spiel steht kurz vor dem Anpfiff. Und das gegen die Südtiger!

Ella trippelt auf der Stelle herum, Malle hüpft hin und her, alle anderen sind genauso nervös, nur Bonita steht da, mit verschränkten Armen und schwarzen Torwarthandschuhen, und tut so, als sei sie die Ruhe selbst. Sie kaut Kaugummi, nur auf einer Seite wie damals der coole Olli Kahn. Hinter ihrem Tor liegt ein Kuscheltier-Känguru von ihrer kleinen Schwester. Steffi, das Maskottchen, ist auch da.

Auf der anderen Seite des Platzes springt Lino herum, mit seiner Mannschaft. Er redet auf jeden ein. Es sind ein paar neue Spieler dabei. Ella hat keine Ahnung, wo er die herhat. Die Spieler nicken zu allem, was er sagt, federn in den Knien und spucken auf den Rasen. Wegen der Zahnpasta in der Jeans hat er noch nichts gesagt. Aber seine Blicke sprechen Bände.

Der 1. FC Südtiger hat grüne T-Shirts mit weißen Nummern und MM Victoria rote T-Shirts mit schwarzen Nummern. Herr Kübel gibt ein Zeichen. Bonita spuckt ihr Kaugummi aus und klemmt sich den Ball unter den Arm. Sie geht zur Mittellinie. Zuerst müssen sich die Mannschaftskapitäne die Hand geben – Lino und Malle. Lino schaut ihm dabei nicht ins Gesicht. Herr Kübel zieht eine Münze. »Kopf oder Zahl?«

»Kopf«, sagt Lino. Herr Kübel wirft die Münze, fängt sie auf, klatscht sie auf seinen Arm – Zahl.

»Ball oder Seite?«, fragt Herr Kübel.

Malle macht einen Finger nass und hält ihn in die Luft. »Kein Wind«, sagt er. »Dann ist die Seite sowieso egal. Also Ball.«

»Okay. Anstoß Victoria.« Herr Kübel gibt Malle den Ball. Lino spuckt auf den Boden.

Frau Hechel, die Biologielehrerin der Südschule, ist Schiedsrichterin. Sie trägt eine enge, schwarze Hose und ein gelb-schwarz gestreiftes T-Shirt und hat eine schwarze Trillerpfeife um den Hals. Sie sieht aus wie eine Biene. Laut und deutlich pfeift sie das Spiel an.

Malle gibt den Ball sofort nach rechts außen ab, zu Hilde. Hilde stoppt den Ball, rennt ein Stück mit ihm vor, sieht den Gegenspieler zu spät, schon ist der Ball bei der anderen Mannschaft und wird mit Schwung nach vorn befördert, Richtung Bonitas Tor.

Aber Malle geht dazwischen. Der Ball fliegt ins Aus. Einwurf 1. FC Südtiger.

Lino steht bereit, kriegt den Ball auf die Füße, Hilde stürmt auf ihn zu, aber Lino jongliert mit dem Ball, als würde er ihm am Fuß kleben. Hilde stochert mit ihren langen Beinen nur Löcher in die Luft. Selbst Malle wird ausgetrickst. Das lässt er aber nicht auf sich sitzen, rennt hinter Lino her und schafft es, ihn vom Ball zu trennen. Ella ist sofort zur Stelle, übernimmt und spurtet nach vorn. Wie ein Tornado saust Lino hinter ihr her und rempelt sie mit der Schulter weg. Ella stolpert, fliegt hin – eine volle Bauchlandung! Frau Hechel pfeift; Lino wird verwarnt.

»Das war nicht sehr sportlich, Freundchen!«

»Buh! Buh!«, ruft Steffi, das Maskottchen. Sie steht ganz dicht am Spielfeldrand im hellblauen Rüschenröckchen und hellrosa Blüschen.

Ella wischt sich das Gras aus dem Gesicht. Sie selbst tritt den Freistoß, schießt zu Carmen, Carmen passt zu Malle, Malle zu Birgit, Birgit zu Ella – man merkt, wie nervös die Gegenspieler werden, zu Recht, denn da sprintet Ella nach vorn, hängt drei Tiger ab, und als sie Lino schon im Nacken spürt, legt sie ihre ganze Kraft in die Beine und schießt, schießt aufs Tor, obwohl das noch ziemlich weit weg ist. Nur haarscharf geht der Ball vorbei. Verdammter Mist!

Der Tigertorwart schießt zu Linos Beulenkumpel. Der dribbelt zu Lino, Lino trickst Carmen aus, auch Stefan, José und den kleinen Tom, rennt an Malle vorbei und rast frontal auf Bonita zu, schießt mit voller Wucht, aber Bonita weicht nicht einen Millimeter; sie fängt den Ball, umarmt ihn und geht mit ihm zu Boden.

Alle klatschen.

Da gibt es nichts zu meckern. Bonita hat den Ball super gehalten! Weiterhin 0 : 0. Aber jetzt geht das Gestochere los. Die Spieler beißen sich fest. Es wird sehr früh gestört, so kommt kein richtiges Spiel zustande, auch keine Tore.

Herr Kübel brüllt: »Was fummelt ihr da rum? Steht doch nicht alle auf einem Haufen!«

Lino schreit dasselbe seinen Spielern zu. Er versucht, sich immer wieder freizuspielen, doch Ella ist ruck, zuck bei ihm und schlägt ihm den Ball weg. Da tritt er ihr gegen den Knöchel, obwohl der Ball längst weg ist. Ella sackt zusammen und hält mit beiden Händen den Fuß, aber Frau Hechel hat nicht gesehen, dass das ein klares Foul war.

»Buh! Buh!«, ruft Steffi, aber da ist Lino schon längst mit dem Ball auf und davon.

Nach einem Doppelpass mit Georgie, dem Pinkler, hat er den Ball wieder auf dem Fuß und stürmt nach vorn, flankt zur Nummer 8, dem Rechtsaußen-Mann, die Nummer 8 legt vor, zum Beulenkumpel, und der verwandelt die Flanke in ein sauberes 1 : 0. Bonita hatte keine Chance! Der Ball ging weit über ihr, knapp unter der Latte ins Netz.

Ella spuckt wütend auf den Rasen und geht mit den Händen in den Hüften zur Mittellinie.

»Neues Spiel, neues Glück – es ändert sich im Augenblick«, würde Mama jetzt sagen, wenn sie hier wäre. Ella spürt beinahe Mamas Hände auf ihrer Schulter und ihr Lachen am Ohr. Aber Mama ist nicht da. Sie ist mit Papa shoppen gegangen. Für Fußball interessieren sich beide nicht. Dafür guckt die halbe Schule zu, klatscht am Spielfeldrand. Es steht 1 : 0 für die Südtiger. Diese Aasgeier!

Frau Hechel legt den Ball auf den Anstoßpunkt im Mittelkreis. Die Spieler stellen sich auf. Lino grinst Ella an. Das tut genauso weh wie der Tritt gegen den Knöchel. Na warte!

Anstoß für MM Victoria. Es geht zackig los, aber trotz aller Anstrengungen bleibt es in der ersten Halbzeit beim 1 : 0.

In der Pause bringt Frau Wilms allen Spielern Wasser zum Trinken. Die Hälfte der Mannschaft liegt flach.

»Puh!«, seufzt Herr Kübel. »Die Südtiger haben

doch mehr drauf, als ich gedacht habe. Aber ihr habt euch tapfer geschlagen.« Er strubbelt dem kleinen Tom über den Kopf und lobt Carmen, weil sie eine Ecke geklärt hat. »Aber beim Spiel nach vorn muss noch mehr Bewegung rein. Bietet euch an, auch wenn ihr den Ball nicht immer kriegt. Hetzt die Verteidiger hin und her! Die müssen sich müde laufen!«

Ella sitzt auf dem Rasen. Wütend schaut sie zu Lino und seiner Mannschaft hinüber. Lino kippt sich gerade Wasser über den Kopf und redet auf seine Spieler ein. Malle steht mit Frau Wilms am Spielfeldrand. Ella schaut Malle auf den Hintern. In kurzen Hosen sieht er niedlich aus. Und ganz schön viele Muckis! Damit soll er sich mal ein bisschen mehr ins Zeug legen und Lino ausschalten.

Ella steht auf und humpelt los. Lino trabt an ihr vorbei und würdigt sie keines Blickes. Am liebsten würde sie ihm mit Schwung in den Hintern treten. Natürlich mit dem gesunden Bein. Aber darauf wird sie noch ein Weilchen warten müssen, bis sie zu Hause sind oder vielleicht sogar bis Montagfrüh, wenn Papa schon weg ist und Mama sich föhnt.

Das kalte Wasser tut gut. Es gluckert von selbst durch die Kehle; Ella muss nicht mal schlucken. So zu trinken hat sie von Lino und seinen Kumpels gelernt, als sie noch zusammen herumgebolzt haben und es die Südtiger noch nicht gab. Herr Kübel sagt, sie hätten noch fünf Minuten Zeit, sie sollten die Waden ausschütteln und massieren, damit es keine Krämpfe gibt. Bonita lächelt ihr zu und Ella lächelt zurück, obwohl sie das gar nicht will. Sie will gewinnen – und sonst gar nichts!

»Vergesst nicht, euch anzubieten!«, ermahnt Herr Kübel. »Nie rumstehen. Und passt besser auf die 10 auf, die steht zu oft frei!«

Die 10 ist Lino. Ella kaut auf ihrer Unterlippe, blickt zu Malle hinüber. Die Stimme vom Trainer rauscht an ihr vorbei wie ein ICE. Die zweite Halbzeit beginnt. Die Mannschaften stellen sich auf. Lino und Ella stehen sich im Mittelkreis gegenüber. Lino hat Anstoß. »Jetzt machen wir euch fertig«, raunt er ihr zu und passt den Ball zum Pinkler.

Dann fliegt der Ball hoch. Kopfbälle haben sie bei Victoria noch nicht oft geübt, deshalb ziehen die meisten die Köpfe ein. Nur Malle springt hoch und befördert den Ball wieder auf den Boden. Leider wird er ihm gleich wieder abgeluchst.

In den ersten Minuten der zweiten Halbzeit sind die Südtiger eindeutig in Führung. Das muss sogar Ella zugeben. Sie versucht alles, um das Zusammenspiel der Tiger zu stören. Zum Glück hat die Mannschaft ihres Bruders Pech. Einmal prallt der Ball an den Pfosten – ein voller Lattenschuss; ein anderes Mal geht er knapp am Tor vorbei. Malle schnauzt die Abwehrspieler an, aber das nützt auch nichts, denn nun rennen sie wie verschreckte Hühner übers Feld und haben keine Puste mehr, wenn der Ball da ist.

In diesem Chaos bekommt Malle eine Flanke von Svenja. Der Ball hebt ab, es sieht aus, als könnte Malle ihn nie kriegen, aber er hechtet ihm entgegen und wuchtet den Ball mit der Stirn ins Netz. Victoria hat ein Tor! Es steht 1 : 1.

»Jaaaa!«, schreit Ella, rennt auf Malle zu und springt ihm um den Hals. Bonita ist auch schon da und küsst ihn mitten ins Gesicht. Gleich zweimal! Peinlich!

Anstoß für die Tiger. Es sind noch fünfzehn Minuten zu spielen. Lino ist das Grinsen vergangen. Er passt zur Nummer 8, Nummer 8 geht nach vorn, aber Carmen tritt ihm den Ball weg. Lino holt ihn sich wieder, rempelt Carmen weg. Das hätte Frau Hechel pfeifen müssen. Braucht die Biene eine Brille? Das war schon wieder ein klares Foul! Carmen reibt sich die Schulter. Birgit hat einen knallroten Kopf. Die Südtiger sind wie ein Wirbelwind und Victoria muss ihre ganze Kraft und ihr Können aufwenden, um Linos Mannschaft in Schach zu halten. Beinahe hätte Lino schon wieder ein Tor geschossen, aber er hat den Ball nicht richtig auf den Fuß gekriegt. So trudelt er langsam auf Bonita zu, die den Ball mit voller Wucht bis in die gegnerische Hälfte zurückbefördert. Und dann geht Carmen ran und spielt zu Ella, Ella stürmt vor und gibt ab an Malle, Malle wird von dem Pinkler bedrängt und passt den Ball zu Birgit; Birgit sprintet durch eine Lücke, kämpft sich vor bis in den gegnerischen Strafraum.

»Jawoll!«, schreien die Zuschauer und: »Hau den Ball rein, Mädchen!«

Birgit will gerade an Ella abgeben, da rast Lino auf sie zu und Birgit fällt um, als hätte man ihr den Boden unter den Füßen weggesenst. Frau Hechel pfeift energisch ab. Birgit wälzt sich auf dem Boden und hält sich den Fuß, kann nicht mehr richtig auftreten. Herr Klebinger, Religionslehrer, kommt mit einem Erste-Hilfe-Köfferchen auf den Platz und schaut sich Birgits Fuß an. Die Biologielehrerin will auch wissen, was los ist, und guckt zu, wie der Klebinger den Fuß abklopft. Birgit schreit bei der kleinsten Berührung. Frau Hechel gibt Herrn Kübel ein Zeichen; Birgit wird ausgewechselt. Der dicke Mustafa von der Reservebank macht sich warm. Humpelnd und vom Religionslehrer gestützt verlässt Birgit den Platz.

Frau Hechel zeigt auf den Elfmeterpunkt. Lino rastet aus. »Ich hab ihr nur aus Versehen auf den Fuß getreten. Das war kein Foul!«, schreit er. Ihm sprüht die Spucke aus dem Mund. »Hier hat doch eh keiner Ahnung von Fußball!«

Frau Hechel droht ihm mit der gelben Karte.

»Die rote wäre besser«, brummt Ella.

Es bleibt beim Elfmeter.

»Du schießt«, sagt Malle und schaut ihr tief in die Augen. Dieser Blick ist mehr wert als jeder Kuss. Ella ist wie hypnotisiert. Aber dann sieht sie ihren Bruder. Wie Rumpelstilzchen sieht der aus. Fehlt nur noch, dass er auf einem Bein herumhüpft und zetert.

Ella zögert, nickt. Sie wird den Elfmeter schießen.

Sie nimmt den Ball, stolziert an Lino vorbei.

»Pass auf, dass du nicht hinfällst«, raunt er ihr zu. »So wie deine Knie zittern.«

Jetzt, wo er's sagt, merkt Ella wirklich, wie weich ihre Beine auf einmal sind. Sie legt den Ball auf den Elfmeterpunkt, rückt ihn sich zurecht.

Sie holt tief Luft. Bloß nicht Lino angucken! Nur den Ball und das Tor.

Sie geht fünf Schritte zurück. Dann nimmt sie Anlauf und schießt, trifft den Ball mit dem rechten Innenrist. Wunderbar angeschnitten! Der Torwart hechtet in die falsche Ecke!

»Toooooor!«, rufen die Zuschauer. »Toooor!« Malle umarmt Ella. Ihre Knie knicken ein. Bonita wirft sich auf sie und geht mit ihr zu Boden. 2 : 1 für Victoria!

Die ganze nächste Woche erzählt Lino überall herum, dass der Elfmeter gar kein Elfmeter war und das Spiel eine große Kungelei gewesen sei, schon allein weil die Hechel gepfiffen hat. Als Biologielehrerin!

»Die kennt sich vielleicht mit Eichhörnchen aus, aber nicht mit Fußball, sonst hätte sie nie so einen Elfmeter gegeben.«

»Nun hör doch mal auf damit«, sagt Papa abends in der Küche. »Das war doch nur ein Freundschaftsspiel!«

»Lino hat nur Freundschaftsspiele«, sagt Ella und versteckt sich hinter Mama. Die will gerade den Auflauf zurück in den Backofen schieben, weil die Kruste noch nicht ganz fertig ist.

Die beiden Männer stehen sich gegenüber.

»Na, also«, sagt Papa. »Was regst du dich dann so auf?«

Lino kocht. Seine Augen funkeln. Man sieht

ihm an, dass er seine Schwester am liebsten gleich mit in den Backofen schieben würde.

»Totaler Beschiss war das!«, schreit er so laut, dass Papa zusammenzuckt. »Das Spiel hat doch nur stattgefunden, weil die mir meine Mannschaft kaputtmachen wollen!« Er zeigt auf Ella. »Und die blöde Hechel war bestochen! Hat den Elfmeter gepfiffen, weil sie Geld dafür kriegt!«

»Klar«, sagt Papa und grinst. »Sie gehört bestimmt einer russischen Fußballmafia an.«

»Nun red ihm doch nicht so was ein, Martin!«, sagt Mama und verbrennt sich die Finger am Backofen.

»Du kannst froh sein, dass es nur der Elfmeter war«, sagt Ella. »Wenn Frau Hechel alle deine Fouls gesehen hätte, wärst du rucki, zucki vom Platz geflogen.« Sie reibt ihren Fuß. »Mein Knöchel ist immer noch angedätscht!«

»Nicht nur dein Knöchel! Guck dir doch mal deinen Eierkopf an!«

»Nun ist's aber gut hier, ihr zwei!« Papa haut mit der flachen Hand auf die Arbeitsfläche, dass die kleinen Löffel Samba tanzen. »Ich kann eure ewige Streiterei nicht mehr ertragen! Und du, Lino, fühl dich nicht so auf den Schlips getreten. Du hast Ellas Mannschaft doch selbst herausgefordert, wenn ich das richtig verstanden habe.«

Mama lässt kaltes Wasser über die Brandstelle laufen und nickt.

»Na also.« Papa legt einen Arm um Lino. »Dann muss man auch verlieren können, mein Sohn. Nun komm mal langsam wieder auf den Teppich!«

Lino schubst den Papaarm von seiner Schulter und rennt in sein Zimmer. Keine zwei Minuten später kommt er wieder raus, stapft durch die Küche, durch den Flur und – wummmms! – das war die Haustür.

»Der hat echt 'nen Lattenschuss!«, murmelt Ella.

Sie sitzen ohne Lino am Abendbrottisch. Mama hat eine Brandblase am linken Zeigefinger und Papa sagt, er hätte gar keinen Appetit mehr.

»So geht es nicht weiter«, sagt er. » Ella, du darfst Lino nicht immer so reizen. Ihr seid doch Geschwister!«

Mama nickt und pustet auf ihre Brandblase. Ella schaut auf das unberührte Besteck und den leeren Teller von Lino. Wo er wohl hingegangen ist? Vielleicht trommelt er seine Mannschaft zu einer Krisensitzung zusammen. Nach dieser Niederlage sind sogar sein Beulenkumpel und die Nummer 8 kurz davor, zu Victoria zu wechseln. Das weiß Ella von Bonita. Und die weiß es von Malle. Ella fragt sich die ganze Zeit, warum sie das eigentlich nicht selbst von Malle erfahren hat. Wieso erzählt er so was nur Bonita? Immerhin hatten sie schon zweimal Training nach dem Spiel und er hätte Gelegenheiten genug gehabt, mit ihr zu reden.

»Gibst du mir bitte mal die Tasse rüber?«, fragt Papa. – Keine Reaktion. – »Ella! Träum nicht und hilf mit, das Geschirr abzuräumen. Es ist schon Viertel vor acht.«

Das könnte er auch höflicher sagen. Und warum muss sie hier eigentlich immer die ganze Küchenarbeit machen?

Mama hat noch einen verkniffenen Mund. Wenn sie auf Lino sauer sind, müssen sie es ja nicht an ihr auslassen!

Als sie gerade den Tisch abputzt, kommt Lino wieder. Das war aber eine kurze Krisensitzung. Vielleicht ist er ja auch nur Wut ablaufen gegangen.

»Zu essen gibt's nichts mehr«, sagt Ella. Sie will sofort in ihr Zimmer gehen, aber Papa hält sie zurück.

»Jetzt setzt ihr euch mal beide an den Küchentisch und dann reden wir in Ruhe.«

»Hab keine Zeit«, murmelt Lino. »Muss noch Hausaufgaben machen.«

»Die kannst du später noch machen«, sagt Mama. Es ist zehn vor acht, um acht gucken sie immer Nachrichten.

»Wir wollen«, sagt Mama und streicht sich die Haare hinter die Ohren, »hier wieder eine bessere Grundstimmung haben. Bei uns herrschen nämlich andere Regeln als auf dem Fußballplatz.«

»Genau«, sagt Papa, mit sanftester Chorstimme. »Und deshalb müsst ihr euch bemühen, netter miteinander umzugehen. Das Wichtigste ist doch ...«

Da klingelt das Telefon. Nach dem vierten Klingeln merkt Mama, dass der Anrufbeantworter nicht eingeschaltet ist.

»Lass es klingeln«, sagt Papa, aber Mama sagt: »Wenn das die Schubert aus dem Büro ist, muss ich abnehmen.«

Es ist aber nicht die Schubert aus dem Büro. Es ist Herr Schnickel aus Papas Chor. Der will mit Papa üben. Papa geht ans Telefon. Ella schaut auf die Uhr. Fünf vor acht. Fünf Minuten braucht Papa sicher zum Telefonieren und dann fangen die Nachrichten an.

Lino steht auf und macht sich drei Wurstbrote, gießt sich Milch ein, isst zwei Wurstscheiben im Stehen.

»Schling nicht so«, sagt Mama.

»Ich schling gar nicht«, sagt Lino mit vollem Mund.

»Ich dachte, du hättest keinen Hunger«, sagt Ella.

Lino guckt sie böse an.

»Also«, sagt Mama. »Wie soll es nun weitergehen? Was schlagt ihr vor?«

Ella und Lino zucken die Schultern.

»Keine Idee?«

Ella und Lino schütteln die Köpfe.

»Wie wär's denn, wenn ihr euch einfach wieder vertragt und eure Zweikämpfe auf dem Fußballplatz austragt?«

»Zweikämpfe?«, fragt Lino. »Mit der doch nicht! Glaubst du, ich verschwende meine Kraft?«

»Welche Kraft?«, zischt Ella.

Mama seufzt. Papa ist fertig mit Telefonieren. Kaum ist er in der Küche, klingelt das Telefon schon wieder. Mama meckert, weil er den Anrufbeantworter nicht eingeschaltet hat. »Wenn das die Schubert ist ...«, sagt sie und steht auf. Es ist die Schubert. Papa geht auf die Toilette. Es ist acht Uhr.

Lino kippelt mit dem Stuhl am Tisch, trinkt dabei Milch, guckt Ella an, mit eiskalten Augen. Ella sitzt ihm gegenüber, an der langen Kante und schaut ihm beim Kippeln zu.

»Na los, noch ein Stück«, sagt sie.

Lino grinst und kippelt noch ein Stück. Trinkt dabei, ohne sich zu verschlucken.

Sie schiebt ihren Fuß unter dem Tisch näher an Linos Stuhl heran.

»Wehe!«, sagt Lino.

»Hast du etwa Angst?«, fragt Ella.

»Wehe!«, sagt Lino.

»Bist du ein Papagei?«

Sie tickt mit dem Fuß an Linos Stuhl.

»Ich kämpfe nicht mit kleinen Nullcheckern«,

sagt Lino. Dann schwappt ein Schwall Milch aus seinem Glas und Lino fliegt mitsamt dem Stuhl hintenrüber. Den Aufknall auf die Fliesen kann die Klospülung nicht übertönen. Linos Schrei auch nicht.

Lino hätte tot sein können. Sagt Mama. Die Milch ist ihm ins Gesicht geschwappt, das Brot im Halse stecken geblieben, der Kopf auf die Küchenfliesen gerumst. Ella ist ganz anders geworden, als sie ihn auf dem Rücken liegen sah. Er rührte sich nicht. Ihr Herz raste und die Hände zitterten; sie sprang auf und streichelte Linos Wangen. Überall Milch auf den Fliesen, zum Glück kein Blut!

Lino muss drei Tage zu Hause bleiben, wegen einer leichten Gehirnerschütterung, aber schon am ersten Tag hält er es im Bett nicht mehr aus und flegelt sich im Wohnzimmer auf dem Sofa herum, mit einer Tüte Kartoffelchips. Ella gibt er nicht einen ab, spricht kein Wort mit ihr.

Natürlich hat sie sich entschuldigt, obwohl er auch von allein hätte umkippen können. Sie hat eine Woche Hausarrest in Kauf genommen, was zweimal kein Training bedeutet. Alles wegen Lino!

Je länger sie darüber nachdenkt, desto ungerechter kommt es ihr vor.

Mama kontrolliert Ella per Telefon, ob sie auch wirklich nach der Schule sofort nach Hause geht. Lino soll zu Marion gehen, dort essen und Hausaufgaben machen, damit die beiden bloß nicht allein zu Hause aufeinandertreffen.

»Ihr solltet euch was schämen!«, sagt Mama jedes Mal, bevor sie auflegt, und seufzt hinterher: »Dass es so weit kommen musste!«

Ella könnte jedes Mal den Hörer vor Wut an die Wand werfen. Schließlich ist sie ja nicht allein dafür verantwortlich, dass es mit ihr und Lino so weit kommen musste! Und wieso wird sie jetzt so hart bestraft? Und Lino gar nicht? Nur weil er auf den Kopf gefallen ist und sie nicht?

Es macht sie rasend, dass sie nicht trainieren kann. Sie versucht, sich mit Gymnastik fit zu halten und mit Kissenschießen. Die harten, kleinen Sofakissen, die zur Zierde rumliegen, eignen sich ganz gut dafür. Die Wohnzimmertür ist das Tor. Und Malles Passbild hat sie an den Fernseher gelehnt. Er guckt ihr zu, bewundert sie, wie raffiniert sie diese sperrigen Zierkissen durch die Wohnzimmertür pfeffert.

Dienstag ruft Bonita an und erzählt ihr, wie das Training war. Ella freut sich über den Anruf, aber das muss sie sich ja nicht gleich anmerken lassen.

Sie haben Mauerschießen geübt. Na ja, da hat sie nicht viel verpasst. Wie oft haben sich früher Lino und die Jungs Schulter an Schulter zu einer Mauer aufgestellt und sie sollte versuchen, den Ball um das Hindernis herum oder drüber hinweg zu schießen. Die ersten Male hat sie volle Pulle in die Jungs reingeschossen. Lino aus Versehen auch mal mitten ins Gesicht getroffen. Aber dann hat sie gemerkt, dass man beim Mauerschießen mit Tricksen besser vorankommt und den Ball wunderbar antäuschen kann, genau wie beim Elfmeter. Also lief sie an, tat so, als schösse sie mitten in die Jungs, nahm aber den Ball mit dem rechten Innenrist, schnitt ihn an und ließ ihn wie ein Frisbee über die Mauerköpfe hinwegfliegen. Nicht gleich ins Tor, aber schön vorgelegt für einen Mitspieler.

»War voll lustig«, sagt Bonita. »Die Jungs in der Mauer haben alle ihren – na, du weißt schon was – mit den Händen geschützt. Und Frau Wilms hat uns dann erklärt, warum.«

»Das weiß man doch«, sagt Ella.

»Einige wussten es aber nicht.«

»Ach ja? Und wie hat sie es erklärt?«

»Sie hat gesagt, dass die Hoden geschützt werden müssen.« Bontia kichert.

»Klar. Was sonst?«

»Wie sich das anhört! Und die Mädchen sollten ihre Arme über der Brust kreuzen und die Hände über den Bauch legen. Wegen der Eierstöcke.«

»Was denn für Eierstöcke?«, fragt Ella.

»Na eben die, die man später mal fürs Kinderkriegen braucht.«

»Ach, die.« Sie streckt sich zum Fernseher und legt Malles Foto mit dem Gesicht nach unten. Muss ja nicht alles mitkriegen.

»Und weißt du, was noch lustig war? Malle sollte den Ball schießen. Hilde, Tom, Svenja, Rufus, José und ich standen in der Mauer. Als der Ball dann mit voller Wucht auf uns zukam, haben wir die Birnen eingezogen und uns geduckt. Da ist dem Kübel die Trillerpfeife aus dem Mund gefallen. Er konnte es nicht glauben, dass sich eine ganze Mauer einfach unter dem Ball wegduckt!«

»Auweia«, sagt Ella.

»Wir mussten dann die ganze Zeit Mauer üben. Später ging es einigermaßen. Aber ich habe tierisch Schiss, dass ich den Ball mal ins Gesicht kriege.«

»Du musst versuchen, den Ball mit der Stirn zu treffen, und ihn gleich wegköpfen.«

»Kopfball üben wir am Freitag. Kommst du dann wieder?«

»Ne, glaub ich nicht. Leider.« Ella seufzt.

»Übrigens ...«, hört sie Bonita sagen, »Malle hat nach dir gefragt. Er wollte wissen, was mit dir los ist. Aber ich hab ihm nur gesagt, dass du aus *familientechnischen* Gründen nicht kommen kannst.«

»Aus familientechnischen Gründen ... wie sich das anhört!« Ella prustet los. Das hätte von ihr sein können. Echt witzig! Aber wieso spricht Bonita genau das aus, was Ella auch schon gedacht hat, nämlich dass Malle einem mit seinem ewigen »fußballtechnisch« ganz schön auf den Geist gehen kann?

»Und sonst?«, fragt Bonita. »Kommst du mit Mathe klar?«

»Ne«, sagt Ella. »Überhaupt nicht.«

»Ich könnte dir helfen, wenn du willst. Mathe ist für mich kein Problem.«

Das ist bekannt. Das muss sie ihr ja nicht noch extra unter die Nase reiben.

»Ich würd auch bei dir vorbeikommen«, sagt Bonita.

»Danke«, sagt Ella. »Aber ich hab gar keine Zeit.«

»Aha. Was machst du denn den ganzen Tag?«

»Och – ich halt mich fit und sortiere meine Fußballbilder.«

»Hast du ein richtiges Album?«

»Klar«, sagt Ella, obwohl sie nur eine Pappmappe hat, in die sie alle möglichen Bilder von Fußballern reintut.

»Und wen findest du toll?«

»Kaká, Lukas Podolski, Klose, Messi, Mesut Özil ...« Den Schönling Cristiano Ronaldo verschweigt sie.

»Und Ronaldinho von AC Mailand?«

Als wenn Ella nicht wüsste, wo Ronaldinho spielt.

»Nö«, sagt Ella. »Der ist mir viel zu eingebildet.«

»Eingebildet? Du hast sie ja nicht mehr alle. Ronaldinho doch nicht! Der ist das reinste Naturtalent.«

»Aber er hat so lange Zähne, damit sieht er aus wie ein Osterhase.«

Bonita lacht. »Aber er spielt doch nicht mit den Zähnen Fußball!«

»Wer weiß, wie oft der schon in den Ball gebissen hat, so wie der aussieht«, sagt Ella.

»*Sehr* komisch«, sagt Bonita. »Ronaldo ist DER Spieler. Er trickst *jeden* aus mit seinen Übersteigern. Der kann Zickzack übern Ball laufen! Sag bloß, das hast du noch nicht gesehen?«

»Klar habe ich das gesehen«, sagt Ella. Dass sie das selber übt, verrät sie natürlich nicht.

»Außerdem kann er mit links und rechts schießen.«

»Für die 6,5 Millionen, die er jedes Jahr verdient, sollte das eine Selbstverständlichkeit sein!«

Bonita kichert. »Du redest wie ...«

»... wie wer?«

»Ich weiß auch nicht, aber irgenwie komisch. Kommt das von deinem Stubenarrest? Ist dir langweilig, willst du gern sticheln?«

Ella merkt, wie sie heiße Ohren bekommt, ihr Gesicht wird auch heiß, dann ist sie bestimmt knallrot. Zum Glück kann Bonita das nicht sehen.

»Meine kleine Schwester fängt auch immer an zu sticheln, wenn ihr langweilig ist«, sagt Bonita. »Und meine große Schwester zieht sie dann damit auf. Übrigens hat die mir letztens echt coole Fußballbilder mitgebracht. Kann ich dir ja mal zeigen.«

Ella beißt sich auf die Lippen. Über Bonitas Familienkonstellation möchte sie jetzt eigentlich nichts hören. Sie hat nicht so tolle Schwestern wie Bonita. Sie hat überhaupt keinen, der ihr Fußballbilder mitbringt.

»Ella? Bist du noch da?«

»Ja«, schnauzt Ella. »Aber ich muss jetzt Schluss machen ...« Sie möchte jetzt lieber wieder mit den Wohnzimmerkissen kicken.

»Übrigens, wegen der Mathearbeit ...«, sagt Bonita.

Jetzt fängt die schon wieder mit Mathe an!

»Och«, sagt Ella. »Irgendwie schaff ich das schon.«

»Klar«, sagt Bonita. »Du schaffst ja alles.«

Ella hat jetzt genug geredet. Sie möchte das Telefonat gern beenden. Nachdem sie aufgelegt hat, ist sie erst froh, Bonita abgewimmelt zu haben, aber so ganz glücklich ist sie damit doch nicht. Und wieso meint Bonita, dass sie alles schafft? Sollte das ein Scherz sein? Macht sie sich etwa über sie lustig?

Ella bringt das Foto von Malle zurück in ihr Zimmer, steckt es tief unten in die Fußballmappe. Dann wirft sie sich aufs Bett und beißt ins Kissen. Das ist immer noch besser, als zu heulen.

Nach vier Tagen ist Ella fertig mit der Welt, am Boden zerstört, bereit, alles zu tun, nur um nachmittags nicht mehr eingesperrt zu sein. Aber der Preis ist hoch. Mama und Papa verlangen, dass sie sich mit Lino verträgt, unter Zeugen. Mama und Papa stehen bereit.

»Von mir aus«, sagt Ella und reicht Lino die Hand, ohne ihn anzugucken. Er nimmt sie kurz, drückt sie und lässt sie fallen.

Als Ella nach der Schule wieder über den Sportplatz schlendert, ist es, als würde sie das erste Mal Mittagssonne schnuppern! Der Rasen duftet, Vögel zwitschern, Autos hupen. Sie steht wieder mitten im Leben und muss vor Freude erst mal eine Runde rennen. Fast wäre alles wieder in Butter, wenn sie morgen nur nicht die Mathearbeit schreiben würden. Die hat sie nämlich ganz verschwitzt, obwohl Bonita sie ja vorgestern noch darauf angesprochen hat. Aber vielleicht kann sie am Abend noch ins Buch gucken.

Am Abend ist aber ausgerechnet ein wichtiges Fußballspiel im Fernsehen: Real Madrid gegen FC Liverpool, Champions League, Achtelfinale. Das muss sie sehen, da spielt Fernando Torres mit. El Niño, wie er genannt wird, möchte sie unbedingt mal wieder sehen, der ist so süß und der absolute Top-Stürmer. Lino findet den auch gut, schon allein wegen seinem Killerinstinkt. El Niño weiß, wo er zu stehen hat, und ist eiskalt vor dem Tor.

Brrrrrrr. Ella bekommt jetzt schon eine Gänsehaut, wenn sie nur an seinen Schuss denkt. Papa guckt um die Ecke und sagt, Ella solle sich doch eine Jacke holen, wenn ihr kalt sei, nicht dass sie sich noch erkälte.

»Mir ist nicht kalt, Papa.«

Mama kommt und fragt: »Wem ist kalt? Ella? – Wie kann dir denn bei der Temperatur kalt sein?«

»Mir ist nicht kalt, Mama«, knurrt Ella.

»Halt doch mal die Klappe«, sagt Lino.

Prima, er redet wieder mit ihr. Sagt ihr auch gleich, dass er für Liverpool ist.

Papa geht ins Schlafzimmer, singen. Dort übt er immer für den Chor. Mama fragt, wann das Fußballspiel zu Ende sei, sie will auf keinen Fall ›Desperate Housewives‹ verpassen. Keiner antwortet. Ella hofft, sie geht gleich zu Marion, sonst gibt es in der Halbzeit wieder Theater. Natürlich ist das Spiel nicht vor ihrer Serie zu Ende!

Die Madrilenen zeigen von Anfang an, wer Herr im Haus ist, haben schöne, bissige Zweikämpfe. Die Engländer spielen abwartend, nur auf Sicherung des eigenen Tores bedacht.

»Die trauen sich nichts«, sagt Ella.

»Das ist pure Taktik«, sagt Lino.

Torres kommt nach einem langen Ball zu einer ersten super Möglichkeit, schießt aus 10 Metern Entfernung. Ella sieht den Ball schon im Tor und schreit, aber der Ball wird von einem englischen Abwehrspieler ins Aus geklärt. Lino grinst. Ella weiß, dass er sie nur ärgern will, aber sie lässt sich nicht ärgern, nicht von dem! – Aber was ist jetzt los? Was stochern die Spanier denn da in der gegnerischen Abwehr herum, können die sich nicht anständig freispielen oder was? Ella kaut auf ihrem Daumennagel.

In der 82. Minute zirkelt Aurelio für Liverpool wie aus dem Nichts einen Freistoß von der rechten Seite auf einen freistehenden Mitspieler, der aus acht Metern Entfernung den Ball einköpft.

»Toooooor!«, schreit Lino und springt auf dem Sofa herum wie ein Verrückter. »Nun komm mal wieder runter«, sagt Papa, der genug Singen geübt hat und gern noch ein halbes Stündchen im Wohnzimmer lesen würde. Da muss er wohl in die Küche gehen. Mama ist in der Halbzeit zu Marion gegangen. Selber schuld, warum schenken sie Ella und Lino auch keine eigenen Fernseher für ihre Zimmer?! Es bleibt bei dem 1:0 für Liverpool. So ein Mist aber auch!

Am nächsten Morgen grinst der Hempstädt Ella schon so schadenfroh an. Natürlich konnte sie nach dem Fußballspiel gestern Abend nicht mehr Mathe üben. Irgendwann muss ein Kind ja auch mal schlafen. Herr Hempstädt teilt die Aufgabenzettel aus. Ella setzt er ganz allein an einen Tisch. Bei der Arbeit wandert er mit verschränkten Händen auf dem Rücken durch die Tischreihen und schielt jedem von oben auf das Blatt. Ella kann nirgendwo abschreiben, konzentrieren kann sie sich auch nicht. Die Zahlen hüpfen wie Flummis umher und die Textaufgaben kommen ihr vor wie mystische Rätsel. Als sie gerade mal zwei von sieben Aufgaben gelöst hat, klingelt es.

»Gemein«, nuschelt sie. »Total gemein!«, und packt ihre Sachen.

Jetzt ist sie außer Atem, vom Rennen. Hat sich gleich nach der Schule auf den Sportplatz verdrückt. Ella setzt sich ins Tor, lehnt sich an den Pfosten und kramt ihr Brot raus. Sie macht die Augen zu, kaut und hält den Kopf in die Sonne. Was für eine Wohltat, kein Stubenarrest mehr! Als sie die Freude darüber tief einatmet, fällt ein Schatten über sie. Sie öffnet die Augen. Malle steht vor ihr.

»Hey«, sagt er. »Kommst du heute Nachmittag wieder zum Training?«

Ella hält sich die Hand über die Augen und blinzelt ihn an.

»Klar komme ich.« Sie setzt sich gerade hin, nicht dass sie sich noch verschluckt.

»Prima!«, sagt Malle. Der laue Wind spielt mit seinen Locken. Bestimmt sind sie frisch gewaschen, so luftig, wie sie um seinen Kopf wehen – wie in der Shampoo-Werbung. Malle hockt sich vor sie hin. Hinter ihm, am Spielfeldrand blüht Löwenzahn.

»Gut, dass du wieder da bist«, sagt er. »Wir haben nämlich für Sonntag ein Spiel gegen die Grundschule Rickenheim klargemacht, in Rickenheim. Der Kübel will uns sogar einen Mannschaftsbus besorgen. Heinzelmanns Farbenkiste sponsert den Bus und die Getränke.«

»Cool«, sagt Ella und streicht sich die Haare hinters Ohr. Wann hat sie die eigentlich das letzte Mal gewaschen?

Sie sieht Hilde und Bonita über den Spielplatz gehen. Sie winken schon von Weitem. Malle winkt zurück.

Sie kommen ans Tor.

Bonita strahlt mit ihren *Persil*-Zähnen, dass es blendet.

»Fällt euch was an mir auf?«, fragt sie.

Ella schüttelt den Kopf. Malle schaut an ihr hoch und runter, steht auf und schaut ihr prüfend ins Gesicht.

»Ich habe drei Kilo abgenommen!«, sagt Bonita und springt in die Luft. »Drei Kilo in zwei Wochen!«

»Super«, sagt Malle und: »Herzlichen Glückwunsch!«

Ella findet das übertrieben. Malle holt seinen Taschenrechner aus dem Rucksack. »Drei Kilo in zwei Wochen«, murmelt er und tippt Zahlen ein. »Dann hast du 214,29 Gramm pro Tag abgenommen«, sagt er und steckt den Taschenrechner wieder ein. Bonita und Hilde kichern.

Was ist denn daran so lustig? Freiwillig so was auszurechnen ist doch hirnverbrannt!

»Wie hast du das denn gemacht?«, fragt Ella Bonita.

»Äpfel statt Süßzeug gegessen. Jetzt schlackern mir die Jeans und meine Schwester hat gesagt, noch ein Kilo weniger und ich wär perfekt!«

Ella verdreht die Augen. »Wer ist schon perfekt?«

»Rein fußballtechnisch gesehen ist jedes Kilo weniger nur von Vorteil«, sagt Malle.

»Ja, ja, rein fußballtechnisch«, sagt Ella und betont *fußballtechnisch*, als wäre es das langweiligste Wort, was sie je gehört hat. Ist es ja auch. Bonita zwinkert ihr zu. Ella zwinkert zurück.

»Na ja«, sagt sie. »Ein bisschen sieht man es dir doch an, Bonita. Steht dir gut.«

Bonita wird rot. Ach, du meine Güte. Da sagt Ella schon mal was Nettes und dann wird es gleich peinlich. Aber schließlich hat Bonita selbst mit dem Thema angefangen.

»Hilde und ich gehen in die Stadt«, sagt Bonita. Langsam verfliegt ihre Röte wieder. »Kommst du mit?«

»Nö«, sagt Ella, hofft, dass Malle dableibt. Aber der lässt sie einfach stehen und sagt noch nicht mal, wohin er geht.

Es ist erst halb zwei. Was nun? Training fängt erst um vier an. Soll sie hier etwa allein rumhocken oder nach Hause gehen? Eigentlich müsste sie Hausaufgaben machen. Aber das kann sie auch noch heute Abend.

So ein Mist aber auch, dass nicht einer zum Bolzen da ist. Steffi hat vorhin gefragt, ob sie mit zu ihr kommt, ihre Mutter würde heute wieder diese leckeren Pfannkuchen backen. Die Einladung anzunehmen ist nur schwer zu verkneifen. Aber was soll sie bei einem Maskottchen zu Hause? Nachher muss sie sich ihr neues Maskottchen-Outfit angucken, von dem sie schon die ganze Zeit schwärmt. Darauf kann Ella echt verzichten. Zu blöd, dass sie keine richtige Freundin hat, mit der sie über alles reden und auch mal ablästern kann.

Am besten, sie geht in den Park und haut sich auf eine Bank. Ein bisschen Ruhe kann nicht schaden, nach dem Schulstress heute Morgen.

Kaum hat sie es sich auf einer Bank bequem gemacht, kommt Lino vorbei, mit dem Pinkler und der Nummer 8, auf dem Fahrrad. Erst tut er so, als sähe er sie nicht, aber dann bremst er im letzten Moment ab, sodass ihm das Hinterrad wegrutscht und der Pinkler ihm fast hinten auffährt. Sie springen vom Rad.

»Na, du Träumsuse, was machst du hier?«

Die Jungs grinsen.

»Ich träume nicht, ich meditiere«, sagt Ella.

Die Jungs glotzen sie an, als käme sie von einem anderen Stern.

»Solltet ihr auch mal ausprobieren. Das stärkt die Konzentration und hilft beim Elfmeterschießen.«

Über Meditation und Konzentrationsübungen hat sie eine Sendung beim Stubenarrest gesehen. Ella kramt in ihrer Tasche und zieht einen Apfel heraus. »Und von Äpfeln wird man schlank und fit«, sagt sie. »Echt. Unsere Torwartin hat mit einer Apfeldiät drei Kilo abgenommen! Was meint ihr, wie beweglich sie geworden ist?! Jetzt holt sie auch die höchsten Bälle aus dem Netz.«

Lino schnappt ihr den Apfel aus der Hand und schleudert ihn weit in den Park.

»Ihr habt echt Glück mit Fiona Weber«, sagt die Nummer 8. »Die Tante kann was!«

Lino schaut Nummer 8 wütend an.

»Natürlich kann die was, du Onkel!«, sagt Ella und guckt sich um, ob das auch niemand mitgekriegt hat. Schließlich will sie Bonita nicht übermäßig loben.

»Trotzdem war das kein Elfmeter«, sagt Lino.

»Auch ohne Elfer hätte es immer noch 1 : 1 gestanden«, sagt Ella.

»Ich hätte aber noch ein Tor geschossen, und wenn der Lattenschuss …«

»Hätte, hätte. Haste aber nicht!«

»Doch, wenn der Elfmeter nicht gewesen wäre …«

»Ach, hör doch endlich mal mit dem Elfmeter auf,« sagt Ella. »Es nervt langsam.«

»Wenn die blöde Hechel nicht richtig pfeifen kann!« Lino spuckt über sein Vorderrad. »Aber das geht uns nichts mehr an. Wir gehen in einen Verein. Das ist schon abgemachte Sache. Da kriegen wir erstklassige Trainer und nicht irgendwelche Sportlehrer, die lahme Schulmannschaften aufstellen. Außerdem müssen wir dann nicht mehr gegen solche Mädchen-Amateure wie euch spielen!«

»Reg du dich nur auf«, sagt Ella. »Wir spielen Fußball!«

»Arschwackelball spielt ihr!«, sagt Lino, schwingt sich auf sein Fahrrad und fährt los. An der nächsten Wegkreuzung macht er eine Vollbremsung, weil seine Freunde nicht nachkommen. Sie stehen noch bei Ella.

»Also, ich finde, dass ihr schon ziemlich gut spielt, dafür dass so viele Mädchen dabei sind«, sagt Nummer 8 so leise, dass Lino es nicht hört.

»Klar spielen wir gut! Und wir werden von Tag zu Tag besser! Das kannst du meinem Bruder ruhig verklickern. Und wenn es je wieder zu einem Spiel zwischen uns kommen sollte, dann putzen wir euch vom Platz, auch ohne Elfmeter!«

»He, kommt ihr jetzt endlich?!«, ruft Lino. Die Jungs sehen ziemlich verdattert aus. Ella kriegt selbst eine Gänsehaut, so gut hat sich das eben angehört. Sie grinst die beiden an und guckt zu, wie sie auf ihre Räder steigen und Lino hinterherfahren.

»Adiós muchachos!«, ruft sie ihnen nach.

Um halb vier ist sie die Erste auf dem Platz. Es dauert ewig, bis alle da sind und sich umgezogen haben. Bonita muss erst noch ihren neuen weißen Sport-BH zur Schau stellen und Hilde auch, obwohl es bei der außer Rippen nichts zu verpacken gibt. Svenja und Carmen wollen unbedingt wissen, wo es diese Teile gibt.

»Bei Tchibo«, sagt Hilde und lässt einen Träger auf ihr Schlüsselbein flutschen.

»Ich brauche unbedingt auch einen«, sagt Svenja sofort.

»Ich auch!«, sagt Carmen. »Für das nächste Mauertraining.«

»Am besten gleich eine kugelsichere Weste«, brummelt Ella vor sich hin und schnürt ihre Schuhe zu. Carmen und Svenja klackern mit ihren Fußballschuhen durch den Umkleideraum, als wären es Stöckelschuhe.

Nach dem Konditionstraining hocken alle auf dem Sportplatz, nur Ella federt im Stehen und hüpft auf der Stelle und freut sich schon auf die Schussübungen.

Auf dem Platz sind BHs und Stöckelschuhe schnell vergessen. Ella ist richtig in Fahrt und Hilde und Carmen auch. Ballannahme und -abgabe klappen wunderbar und Bonita zeigt ihre besten Paraden. Hinterher sind alle völlig fertig, aber zufrieden mit sich und ihrer Leistung und die Trainer loben und loben, was das Zeug hält. Frau Wilms sagt wieder dreimal »riesig« in einem Satz, da gucken sich Ella und Bonita an und müssen lachen.

»Ihr habt so schön miteinander gespielt, das war die reinste Wonne«, sagt Herr Kübel und betont das »miteinander«.

»Und genau so muss es sein! Denn wir sind eine Mannschaft. Wir sind die Starken, die Sieger, wir sind das Mixed-Team Victoria!«

Dann sollen sie alle aufstehen, sich anfassen und sich in einen Kreis stellen – so wie die Profis das auch machen.

»Auch beten?«, fragt der kleine Tom.

Die anderen lachen. Frau Wilms sagt: »Wenn du möchtest, kannst du auch beten.«

Ella und Bonita verdrehen die Augen. Sie stehen sich gegenüber im Kreis.

Malle tritt in den Kreis. »Was ich euch noch fragen wollte«, sagt er und guckt in die Runde. »Was haltet ihr davon, noch einmal gegen die Südtiger zu spielen? Ich hätte große Lust dazu, damit das Gemunkel aufhört, der letzte Elfmeter wäre gar kein richtiger Elfmeter gewesen!« Malle schaut Ella an. Ella wird rot. Sogar wenn Lino nicht da ist, macht er ihr Ärger.

»Dann werden wir es ihnen zeigen«, sagt Malle. »Ein für alle Mal!«

»Ja«, sagt Ella. »Gute Idee.«

Die anderen sind auch einverstanden. Der Kreis wird mit einem kräftigen Händedruck – von allen an alle – aufgelöst. Malle sagt, er will noch heute Lino anrufen.

Das Spiel am Wochenende gegen die Grundschule Rickenheim gewinnt Victoria. In der Rickenheimer Mannschaft sind nur zwei Mädchen, die waren zwar schnell und gut, aber nicht schnell genug für Victoria! 4 : 1!

Die Sieger und Siegerinnen steigen in den Mannschaftsbus von Heinzelmanns Farbenkiste und rufen dreimal: »Vic-to-ri-a!« Total erschöpft, aber glücklich hängen sie in den Sitzen; Beine baumeln über die Lehnen. Knie sind grasverschrammt. Die Reservespieler mussten ihnen vorhin die Fußballschuhe ausziehen, so fertig waren sie vom Kämpfen.

Jedes Mal wenn sie an einer Ampel halten, kommt es Ella vor, als schauten die Leute auf der Straße zu ihnen in den Bus empor, zu den Spielern und Spielerinnen in den roten Trikots.

Am Montag sind sie sogar in der Zeitung. »Victoria schießt sich nach vorn!«, steht da über einem Mannschaftsfoto, auf dem Ella in der ersten Reihe zu sehen ist, lässig, einen Fuß auf den Ball gestützt, wie ein Tropenheld, der gerade einen Tiger erlegt hat.

Lino tut so, als hätte er den Artikel nicht gesehen, dabei hat Ella die Seite mit dem Foto gleich neben seine Müslischale gelegt. Kein Wort auch darüber, dass Malle ihn angerufen und die Südtiger herausgefordert hat. Laut Malle soll er nur gesagt haben: »Prima, dann treffen wir uns auf dem Platz wieder.«

Am Montag, in der Schule, kann Ella gar nicht aufpassen. Sie hat immerzu den Zeitungsartikel vor Augen, in dem auch der Schülerpokal abgebildet ist. Er ist zwar nicht aus Gold, aber er glänzt trotzdem. Das sieht man sogar auf dem Schwarz-Weiß-Foto. Die Stadtsparkasse hat ihn gestiftet. Was würde sie darum geben, ihn zu gewinnen! Lino hätte ihn auch bestimmt gern gehabt, aber nach den Wettbewerbsbedingungen dürfen nur Schulmannschaften mitspielen, in denen auch Mädchen sind. Selber schuld, dass er sie nicht hat mitspielen lassen!

Die Englischstunde zieht sich lang wie Kaugummi und im Deutschunterricht schläft sie fast ein. Und dann noch Mathe! Zum Glück kriegen sie die Mathearbeit noch nicht wieder.

Am Nachmittag trifft sie Lino in der Küche. Mama hievt gerade die Einkaufstasche auf die Ablage. Lino soll auspacken helfen, aber er knibbelt nur die Preisschilder von den Lebensmitteln und klebt sie an die Suppenkelle.

Mama sagt: »Spinnst du?«

Ella weiß zwar schon länger, dass er spinnt, aber im Moment spinnt er besonders. Trinkt den ganzen Multivitaminsaft aus, obwohl er den gar nicht mag. Er rülpst. Das war die neue Flasche, auf ex.

»Was soll das?«, fragt Mama. »Ich hab keine Lust, mich andauernd abzuschleppen. Die sollte bis zum nächsten Einkauf reichen.«

Eigentlich sollen sie jeder nur ein Glas am Tag davon trinken.

»Ich muss mein Immunsystem stärken«, erklärt Lino.

»Doch wohl nicht etwa für das Spiel?« Ella grinst. »Da nützt dir keine Vitaminsauferei.«

»Ella, bitte«, sagt Mama. »Fangt nicht wieder an. Ich hab schon Kopfschmerzen.«

Lino pult die Preisschilder von der Kelle ab und tut sehr beschäftigt. Er murmelt dabei: »Dieses Mal gewinnen wir. Das heißt, wenn fair gespielt wird und nicht wieder so eine blöde Tussi einen Elfer pfeift, wo gar keiner ist.«

»Lino, wie sprichst du denn von eurer Biologielehrerin?!«, sagt Mama. Lino wirft die Suppenkelle hin und geht in sein Zimmer.

Am nächsten Tag scheint Lino sich eine neue Kommunikationsform ausgedacht zu haben. Überall fliegen plötzlich Taschentücher herum. Was will Lino ihr damit sagen? Überall liegen sie herum, zerknüllt und verrotzt, in ihrem Zimmer, unter dem Bett, sogar unter dem Kopfkissen. Und kaum macht sie ihre Schulmappe auf, klemmen sogar welche zwischen ihren Büchern. Ekelhaft! Dabei hat Lino gar keinen Schnupfen.

»Wenn du mir noch einmal Taschentücher ins Zimmer tust, dann gibt es richtig Ärger!«, schreit Ella vom Flur aus in sein Zimmer.

Lino dreht sich noch nicht mal um, sitzt an seinem Schreibtisch und tut so, als hörte er sie gar nicht.

Als Mama die Taschentücher entdeckt, ist es natürlich nicht Lino, sondern wieder einmal Ella, die Ärger kriegt. Sie soll gefälligst ihren Müll nicht so im Zimmer herumwerfen. Mama hält zwei Hände voll verrotzter Tempos in den Händen.

»Tu ich ja auch gar nicht! Frag doch mal Lino!«

»Lino, Lino«, sagt Mama.

»Vielleicht sind sie auch vom Himmel gefallen«, sagt Ella. Aber Mama findet das nicht lustig. Sie sieht müde und abgearbeitet aus und meckert gleich weiter: »Gebrauchte Taschentücher werfen WIR sofort in den Abfalleimer und nicht erst unters Bett! Das macht man vielleicht bei Hempels, aber WIR machen das nicht. Das ist nämlich *unhygienisch*!«

»Jaha!«, sagt Ella, damit Mama endlich aufhört zu nerven.

Ella wirft sich aufs Bett. Unter ihrem Kopfkissen findet sie weitere Rotzfahnen. Lino, du Sau! Sie fasst die Tücher mit spitzen Fingern an, rast in Linos Zimmer und legt sie ihm aufs Bett.

Am Mittwoch fängt Mama an zu niesen. Ihr Hals ist rau, die Nase läuft und Hunger hat sie auch nicht. Mama wird krank. »Das hat mir noch gefehlt«, sagt sie heiser. »Ausgerechnet jetzt, wo die Schubert Magen-Darm-Grippe hat.«

Am nächsten Morgen schleppt sich Mama mit hängenden Haaren ins Bad. Wenn sie erkältet ist, hält ihre Föhnwelle nur mit extrastarkem Schaumfestiger, und das auch nur bis ins Auto.

Ella hingegen ist munter, fröhlich, fit. Sie kann sich nicht erklären, warum Lino sie dauernd anstarrt, schon beim Frühstück und den ganzen Tag, wenn sie sich über den Weg laufen. Will er sie hypnotisieren? Lähmen? Spielunfähig machen?

Ella beachtet ihn nicht weiter. Sie muss sich psychisch und körperlich auf das Spiel gegen die Südtiger vorbereiten, liest Zeitungsartikel aus ihrer Fußballmappe über die Stars und sagt sich: Genau so mach ich es auch. Ruhig und stolz und siegessicher wird sie auf den Platz gehen und endlich gegen Lino gewinnen!

Donnerstagnacht träumt sie komisches Zeug. Sie ist auf dem Fußballplatz, kriegt den Ball wunderbar auf die Füße, steht frei, nicht weit vom Tor, rennt los, aber da flattert ihr irgendwas Weißes vorm Gesicht herum und sie kann das Tor nicht mehr sehen, schießt und weiß nicht, wo der Ball geblieben ist. Nur mit Mühe erkennt sie eine Gestalt vor ihr, blinzelt und kann sich nicht bewegen.

Sie ist wach, aber da ist wirklich eine Gestalt vor ihr. Vor lauter Schreck kann sie sich nicht rühren. Aber dann erkennt sie einen weißen Streifen am hellblauen Schlafanzug. Lino! Sie will schon hochschnellen und ihn packen. So ein gemeiner Mistkerl, sie so zu erschrecken! – Was macht er denn da? Sie hält still, hört Lino atmen. So geschnauft hat er schon früher, wenn sie sich zusammen versteckt haben und er sich bemühte, ganz leise zu sein. Und jetzt sieht sie es: Das Weiße in seiner Hand ist ein Taschentuch. Er schüttelt es über ihrem Gesicht aus! Er schüttelt ihr Bazillen ins Gesicht. Er will sie tatsächlich spielunfähig machen!

Mit einem Satz schnellt sie hoch. Lino schreit auf und will wegrennen, aber sie hat ihn am Ärmel. Er versucht, sich loszureißen, doch sie klammert sich an seinen Arm, wird halb aus dem Bett gezogen, schreit: »Hilfe! Hilfe!«, so laut sie kann. Im Nu sind Mama und Papa im Zimmer und machen Licht an.

Lino ist auf frischer Tat ertappt! Mama niest und Papa scheucht Lino vom Bett weg. Er ist stinksauer. Beinahe hätte er Lino eine gescheuert. Aber er schlägt ja keine Kinder. Er schubst ihn nur aus der Tür und sagt: »Das wird Folgen haben, mein Junge!« Dann packt er ihn am Nacken und schiebt ihn in sein Zimmer.

»Mindestens zwei Wochen Stubenarrest«, ruft Ella ihm hinterher. »Am besten zwei Jahre!«

Am nächsten Morgen knöpft Papa sich seinen Sohn am Frühstückstisch vor. Er hat einen roten Kopf vom Schimpfen und dann fällt ihm noch sein Schlips aufs Marmeladenbrot. Es stellt sich heraus, dass Lino die verrotzten Taschentücher sogar in der Schule und in Abfalleimern gesammelt hat. Er behauptet, es sei für ein Forschungsprojekt, für Bio, woran er gerade arbeite. Er wolle herausfinden, wie schnell man sich ansteckt.

»Ob *ich* mich anstecke!«, sagt Ella. »Damit ich nicht spielen kann. Gib's doch endlich zu!«

Mama nimmt eine Aspirin-Tablette und schüttelt vorsichtig den Kopf. »Ich kann es nicht glauben, dass du zu so was fähig bist, Lino!«

Lino wird von den Eltern richtig schön in die Mangel genommen. Da will Ella nicht weiter stören. Sie geht schon mal vor, zur Schule. Hüpft und springt die Straße entlang. Zum Glück haben die Bakterien bei ihr nicht gewirkt! Und schade, dass sich Lino nicht selbst angesteckt hat. Das wär's ja noch gewesen … wenn er sich selber k. o. gesetzt hätte.

In der zweiten Stunde bekommen sie die Mathearbeit wieder. Ella betet noch, als Herr Hempstädt die Hefte austeilt, es möge mehr auf dem Blatt stehen, als nur ihre mühsamen Lösungsversuche zu zwei Aufgaben. Vielleicht würde doch mal ein Wunder geschehen und sie hätte wenigstens noch eine Drei.

Sie hat eine glatte Fünf. Von den zwei Aufgaben ist nur eine halbe richtig gewesen. Der Hempstädt sagt nichts. Natascha Kunze aus der letzten Reihe hat auch eine Fünf, sonst ist die Arbeit sehr gut ausgefallen. Ella lässt das Heft in ihrem Rucksack verschwinden.

Am Nachmittag ist das letzte Training vor dem Spiel gegen die Südtiger. Da geht auch alles schief. Ella schießt an ihren Mitspielern vorbei und trifft beim Zielschießen nicht einmal ins Tor. Malle rauft sich die Locken.

»Dir verrutscht noch dein schicker Haarreif, wenn du so weitermachst«, sagt Bonita. Malle fasst an seinen neuen Zickzack-Haarreif, ein weiches, anschmiegsames Teil, wie es auch die Profis tragen. Bonita lächelt Ella zu, als wollte sie sagen: »Immer ruhig Blut!« Ella seufzt.

Nach dem Training kommt der Kübel zu ihr und sagt, sie solle konzentrierter spielen, gerade im Zweikampf, nicht so drauflosstürmen, und Malle sagt, sie soll vor allem die Alleingänge lassen!

Ella geht nach dem Training rüber auf die Schultoilette und schließt sich in ihrer Klokabine Nummer drei ein. Endlich kann sie in Ruhe eine Runde weinen. Es wird höchste Zeit. Alle sind so fies zu ihr! Lino, der Hempstädt und jetzt fangen auch noch der Kübel und Malle an zu meckern. Sie schluchzt. Und wie blöd Malle sie vorhin angeguckt hat! Nur Bonita hatte ein nettes Wort für sie. Ausgerechnet Bonita! Die Klotür verschwimmt unter ihrem Blick und Bonitas Malle-Herz läuft aus. Sie wischt sich schnell die Augen. Da ist das Herz wieder da.

Am liebsten würde sie Malles Passbild im Klo runterspülen, aber sie hat es leider nicht dabei.

Auf dem Nachhauseweg trifft sie Bonita. Komisch. Sonst ist keiner mehr da. Hat sie etwa auf sie gewartet? Ella guckt auf ihre Füße. Bonita muss ja nicht mitkriegen, dass sie geheult hat. Sie gehen nebeneinander her. Dann sagt Bonita: »Du schuldest mir noch ein Eis. Jetzt hätte ich ungeheure Lust darauf.«

Ein Eis. – Das ist jetzt genau das Richtige! Sie kaufen zwei Schokosandwiches und setzen sich auf die Stufen vom Haus neben dem Laden.

»Danke«, sagt Bonita.

»Bitte«, sagt Ella.

Dann schweigen sie. Es ist gar nicht so ungemütlich, so dicht neben Bonita zu sitzen, und das

Eis schmeckt auch köstlich. Dann erzählt Ella von den Taschentüchern und Linos Aktion letzte Nacht.

»Er wollte mich außer Gefecht setzen«, sagt sie. »Mich krank machen, damit ich übermorgen mit Fieber im Bett liege und nicht mitspielen kann.«

»Kannste mal sehen, was der für 'ne Angst hat, gegen dich zu verlieren.« Bonita hat das Eis einmal rundherum so weit aus der Waffel geschleckt, wie die Zunge reicht. Nun fällt die Waffel wie nasse Haut zusammen. Ella schaut zu, wie Bonita ihr Eis bearbeitet. Sie selber hat die Waffel von Anfang an kurz gehalten, abwechselnd geschleckt und abgeknabbert.

»Meinst du wirklich, mein Bruder hat Angst vor mir?« Ella kann ihren Herzschlag in den Ohren spüren.

Bonita zuckt die Schultern. »Kann doch sein. Ich hab auch Angst vor dir.«

»Wie bitte?«

»Du bist immer so schroff und stur und meckerst einen gleich an. Oder noch schlimmer: lässt einen einfach stehen.« Bonita hat ihre Waffel jetzt auch wieder auf gleicher Höhe wie das Eis.

»Stimmt ja gar nicht«, sagt Ella.

»Siehste«, sagt Bonita. »Du gestehst dir nichts ein. Genau wie dein Bruder.«

Ella ist drauf und dran, aufzustehen und wegzugehen, aber sie kann nicht. Sie steckt den Rest

Eissandwich auf einmal in den Mund, bleibt sitzen. Die Kälte zieht an den Zähnen und sie ärgert sich, dass sie das letzte Stück so verschlingen muss, wo doch das letzte Stück immer am besten schmeckt, wenn es schön weich und cremig ist. Sie kaut den riesigen Brocken, schluckt ihn runter und holt tief Luft.

»Ich bin nicht stur!«, sagt sie und steht auf. »Aber Lino kann was erleben!«

Zwei Tage später erlebt Lino wirklich was. Beim Spiel gegen Victoria schießt er kurz nach dem Anstoß das erste Tor. 1 : 0 für die Tiger. Wie ein Gockel stolziert er über den Platz und lässt sich feiern, spuckt auf den Boden, als verteile er Weihwasser. MM Victoria ist schockiert! Ella pfeift Malle an, weil es Malles Idee war, Bonita aus dem Tor zu nehmen und in die Abwehr zu platzieren, nur weil er Schiss gekriegt hat. Angeblich sollen die Südtiger die ganze Woche Scharfschießen in die obere rechte Ecke trainiert haben, Bonitas Schwachstelle, und deshalb wollte Malle diesmal unbedingt selbst ins Tor. Bonita fand es nicht besonders toll von Malle, einfach so über sie zu bestimmen. Von wegen Schwachstelle! Beim 0 : 1 flog der Ball in die linke obere Ecke, Bonitas starke Seite. Für Ella ist klar: Bonita hätte den mit Sicherheit gehalten! Und das sagt sie auch Malle, diesem Profi!

Bonita gibt Ella ein Zeichen, ruhig zu bleiben.

Sie mache sonst noch die ganze Mannschaft nervös. Malle sieht schon fix und fertig aus, trotz seinem coolen Haarreif, und es sind noch nicht mal fünf Minuten gespielt!

»Wir lassen uns nicht einschüchtern«, ruft Frau Wilms kurz vor dem Anstoß, aber so, wie alle aus der Wäsche gucken, sind sie es schon.

Lino grölt: »Jetzt wollen wir es den Memmen mal zeigen!«

Der Pinkler grinst; Lino spuckt ins Gras. José, Tom, Rufus Melk und die anderen Jungs von Victoria gucken sich an und Stefan sagt: »Das lassen wir nicht auf uns sitzen!«

Frau Wilms beruhigt, wo sie kann, und ermahnt alle, sie sollen sich bloß nicht aufwiegeln lassen, und ruft dreimal hintereinander: »Vic-to-ri-a!« Das hört sich ein bisschen albern an und geht im Spiel unter.

Ella rennt sich die Hacken ab. Ist der Ball vorne, ist sie auch vorne; ist der Ball hinten, ist sie hinten. Die Lunge brennt, als hätte man ihr zwei heiße Bügeleisen auf die Brust gesetzt. Bonita kämpft als linke Verteidigerin auch nicht schlecht. Trotzdem kommt das Spiel nicht richtig in Gang. Zu allem Überfluss pfeift heute der Hempstädt. Er hatte sich als Schiri gemeldet und läuft jetzt zwischen ihnen herum wie ein junges Reh, was Ella noch nervöser macht. Aber Bonita ist eine Wucht! Sie treibt den Ball immer wieder nach vorn. Und wie wendig sie auf dem Platz ist! Sie kann super dribbeln und vor allem guckt sie, wer wo steht, und gibt den Ball im richtigen Moment ab. Ella steht bereit. Bonita stoppt den Ball mit rechts und passt ihn mit links so präzise an zwei Tigern vorbei, Ella zu, dass diese damit nach vorne stürmen kann, zwischen zwei Abwehrspielern hindurch, an der bereitstehenden Hilde vorbei, direkt aufs Tor schießt und das 1 : 0 in ein 1 : 1 verwandelt! Ella sieht das Netz zittern, dann sieht sie gar nichts mehr, sinkt auf die Knie und dankt dem Himmel dafür – und Bonita!

Lino und seine Jungs schlagen sich die Hände vors Gesicht. Es nützt nichts. Mit dem Unentschieden gehen sie nach anstrengenden 20 Minuten in die Halbzeit.

Ella liegt auf dem Rücken und lässt sich frisches Wasser in die Kehle laufen. Lino sitzt auf der anderen Seite des Rasens und lässt sich von einem Mitspieler die Waden massieren. Herr Kübel redet wie ein Wasserfall auf Ella ein. Sie soll sich hinsetzen beim Trinken und auf dem Platz nicht immer allein nach vorn gehen. Das sei zu gefährlich. Sie hätte zweimal Hilde übersehen. Aber Frau Wilms findet, die erste Halbzeit wäre doch wunderbar gelaufen, und lobt Ella, nicht nur weil sie so ein tolles Tor geschossen hat. »Aber zum Trinken solltest du dich wirklich lieber hinsetzen, sonst verschluckst du dich noch.«

»Wenn du doch in Mathe bloß auch so treffsicher wärst wie auf dem Fußballplatz ...«, sagt der Hempstädt. Er hat immer noch die Trillerpfeife im Mund.

Ella klappt die Ohren zu. Plötzlich kann sie verstehen, warum Lino eine Mannschaft ohne Lehrer haben wollte! Sie schaut zu Lino rüber, grinst ihm siegessicher zu. Lino würdigt sie keines Blickes.

Die zweite Halbzeit beginnt. Anstoß 1. FC Südtiger. Lino passt quer zu Nummer 8. Der schießt den Ball auf die andere Seite. Hilde greift ein, stochert einem Rothaarigen mit ihren langen Beinen den Ball weg, spielt zu Svenja. Svenja dribbelt mit dem Ball ins Mittelfeld, passt steil zu Ella. Ella stoppt den Ball und gibt an Carmen ab. Carmen stolpert und Linos Beulenkumpel drängt nach vorn, wird von Bonita gestört. Sie flankt zu Tom. Tom stoppt mit rechts, schießt mit links weiter zu José. Der will zu Ella flanken, aber da tritt Lino dazwischen. Der Ball rollt ins Aus. Einwurf Victoria.

Hilde wirft zu Bonita. Bonita passt zu Ella. Ella passt zu Bonita. Jemand von den Zuschauern ruft: »Bravo!«

Ella ist mit Bonita im gegnerischen Strafraum, da haut Lino Ella den Ball weg. Sie fallen beide hin. Sie wird nass von seinem Schweiß. Zum Glück pfeift der Hempstädt nicht. Es war zwar ein Foul, aber noch einen Elfer würde Ella nicht überleben. Ella wischt sich Linos Schweiß vom Arm, nutzt beim Aufstehen die Gelegenheit und rammt ihm den Ellenbogen in die Rippen. Kleine Sünden bestraft der liebe Gott sofort. Lino krümmt sich. Bevor er reagieren kann, ist sie schon weg, wieder im Spiel, tänzelt um einen Abwehrspieler herum und nimmt ihm den Ball ab, rast durchs Mittelfeld, dribbelt am Hempstädt vorbei, sieht Bonita rechts außen mitkommen, passt ihr den Ball steil zu. Bonita knallt das Ding volle Pulle ins Tor!

Kann es etwas Schöneres geben?

Alle springen auf Bonita und reißen sie zu Boden. Sie ist gar nicht mehr zu sehen.

Frau Wilms ruft: »Um Himmels willen! Erdrückt sie nicht!«

2 : 1. Noch sieben Minuten zu spielen.

Die Südtiger verbeißen sich in ihre Wut und stürzen sich auf den Ball, wann immer sie können, stürmen nach vorn, aber bis auf eine gefährliche Ecke, die der Pinkler tritt und der dicke Mustafa klärt, gibt es keine wirkliche Chance. Herr Kübel schreit sich die Seele aus dem Leib: »Baut euch auf! Spielt nach vorne! Und immer gucken, gucken, gucken!« Er tippt sich an die Augen.

Ella spielt sich frei, schießt mit voller Wucht, aber da läuft ihr der Hempstädt dazwischen und kriegt den Ball mitten ins Gesicht. Die Trillerpfeife fliegt ihm aus dem Mund. Er stolpert, muss sich orientieren, dann ruft er: »Halt!«, und: »Stopp, meine Pfeife!«, aber ohne Pfeife hört keiner auf ihn.

Hilde nutzt das Durcheinander und stellt dem Pinkler ein Bein. Der kleine Tom zieht Nummer 8 am T-Shirt. Nummer 8 wird wütend und schubst José weg. Als der Hempstädt wieder pfeifen kann, bekommen die Südtiger dafür einen Strafstoß.

Herr Kübel brüllt, sie sollen eine Mauer bilden. Stefan, Rufus und Tom halten ihre wertesten Teile fest. Da kommt der Ball, eine Bananenflanke von Lino. Sie geht über die Mauer hinaus, aber Malle läuft früh genug aus dem Tor und fängt den Ball aus der Luft.

Das war die letzte Chance für die Südtiger. Kurz danach ertönt der Abpfiff. Es bleibt beim 2 : 1.

Die Sonne scheint auf den Küchentisch. Lino kippt sich das Frühstücksschälchen mit Capt'n-Crunchy-Kringeln voll.

»Lass mir auch noch was übrig«, sagt Ella. Aber Lino beachtet sie nicht. Stellt die Packung auf den Tisch, hat sogar noch was dringelassen. Er ärgert sie schon seit Tagen nicht mehr, behandelt sie wie Luft, auch wenn Mama sich im Badezimmer föhnt und beste Streitzeit wäre. Er will nichts mehr mit Ella zu tun haben. Das hat er jedenfalls gesagt, als Papa ihm vorgestern Abend versucht hat klarzumachen, dass man in einer Familie den anderen nicht einfach ignorieren könne, woraufhin Lino nur gefaucht hat: »Mir doch egal!«

»Führ dich bloß nicht auf wie ein cooler Cowboy«, hat Mama gesagt, aber Lino hat nicht reagiert, sondern ist wortlos in sein Zimmer verschwunden.

Na ja, Ella hat schon schlimmere Sachen von

ihm gehört. Dass sie jetzt Luft sein soll, damit kann sie leben. Er ist sowieso kaum noch zu sehen, nur morgens, beim Frühstück. Und wenn er abends wiederkommt, verschwindet er erst im Bad, plündert dann den Kühlschrank und haut sich vor die Glotze. Keiner weiß, was er nach der Schule macht. Seine Fußballschuhe stehen unberührt in seinem Zimmer und sein Beulenkumpel ruft vergebens an. Er ist nicht mehr auf dem Fußballplatz, aber seine riesige Sporttasche, aus der er abends verschwitzte T-Shirts zieht und in die Waschmaschine stopft, hat er trotzdem immer dabei.

Mama stellt den Föhn aus, kommt mit frischen, runden Locken in die Küche. Ihr Kopf ist noch rot von der Heißluft. Ihre Schritte klingen laut, weil es am Tisch so still ist.

»Ich möchte, dass Lino heute einkaufen geht und du, Ella, Papas Hemden aus der Reinigung holst.« Mama gibt jedem 10 Euro, setzt sich an den Tisch. Lino schaut nur kurz auf und sagt: »Bring ich aber erst heute Abend mit.«

Mama schmiert sich einen Honigtoast. Sie will wissen, wo Lino am Nachmittag ist. Sie lässt nicht locker.

»Bin mit meinen Kumpels unterwegs«, murmelt er. Man kann ihn kaum verstehen.

»Und wer ist das?«

»Kennst du nicht. Neue Leute.« Lino steht auf,

schiebt sein Schälchen weg, obwohl er kaum was gegessen hat.

»Würde ich gern mal kennenlernen«, sagt Mama. »Außerdem will ich wissen, was du machst, seitdem du … also seitdem du offensichtlich nicht mehr …«

Sie spricht es nicht aus. Das Wort »Fußball« existiert in diesem Haus nicht mehr. Wenn es um Ella geht, redet sie auch nur noch von »Training«. Langsam hat Ella die Faxen dicke. Lino kann doch hier nicht alles bestimmen. Es reicht mit Mamas Rücksichtsnahme!

»Und was ist mit deinen Fußballkumpels?«, fragt Ella. Sie genießt das Wort. Es liegt gut auf der Zunge, wie ein Ball auf dem Fuß.

»Wolltet ihr nicht im Verein spielen?« Sie schaut Lino herausfordernd an, bereit, einer Kopfnuss auszuweichen.

»Nö«, presst er hervor. »Ich nicht mehr.« Seine Augen funkeln. »Und kümmere du dich lieber um Mathe. Soweit ich gehört habe, war die letzte Mathearbeit eine glatte Fünf und in Englisch sollst du ja auch eine Vier minus geschrieben haben.« Lino schiebt seinen Stuhl an den Tisch. Ella bleibt die Spucke weg. Mama hört auf zu kauen. Lino geht ins Bad, ohne noch einen Ton zu sagen.

»Eine Fünf in Mathe und eine Vier minus in Englisch?« Mama tropft der Honig langsam vom Toast.

»In Englisch, das war nur ein kleiner Test. Der zählt überhaupt nicht«, sagt Ella schnell. Am liebsten würde sie Lino ihr Müslischälchen an den Kopf werfen, aber er ist schon verschwunden.

»Aber Ella!«, sagt Mama. Sie muss erst mal Luft holen. »Das geht doch nicht! Seit wann bist du denn so schlecht in der Schule?«

»Ich bin nicht schlecht in der Schule«, sagt Ella. »Ich habe in Sport und Kunst eine Eins und in Deutsch eine Zwei ...«

Mama schluckt und spült mit Kaffee nach. »Und warum erfahre ich nicht, wenn du Arbeiten und Tests danebenhaust? Kannst du mir das mal sagen?«

»Hab ich total vergessen ...«

Mama wischt sich den Mund ab. Sie muss ins Büro. Es ist allerhöchste Zeit. Sie will am Abend mit Ella weiterreden. Wenn Papa da ist.

Lino kommt aus dem Bad und grinst nicht mal über seinen Erfolg. Ella ist tatsächlich Luft für ihn.

Auf dem Weg zur Schule überlegt sie, ob sie die erste Stunde schwänzen soll. Mathe. Der Hempstädt meckert sowieso nur wieder los, weil sie die Mathearbeit immer noch nicht hat unterschreiben lassen. Und dann hält er ihr wieder Moralpredigten, wie neulich, als sie sich über die vielen Aufgaben beschwert hatte, die sie in zehn Minuten schaffen sollten. Sie hatte ihm gesagt, sie könne sich nun mal nicht all die Zahlen in so kurzer Zeit merken und bringe alles durcheinander. Da hat er vor der ganzen Klasse gesagt: »Liebes Ellachen, du *willst* es dir nicht merken. Das ist das Problem. Du hast keine Lust zum Lernen. Darüber haben wir ja schon beim kleinen Einmaleins gesprochen.«

Er hat das so fies gesagt und sie ist so rot geworden, schon allein wegen *Ellachen.* Soll bloß einer aus der Klasse wagen, sie *Ellachen* zu nennen. Und wenn der Hempstädt das noch einmal sagt, dann sagt sie auch mal *Hempelchen* zu ihm. Mal sehen, wie er das findet ...

Ella kickt jeden Stein weg, der ihr vor die Füße kommt. Es ist eine Minute vor acht und sie könnte jetzt rennen, dann schaffte sie es noch gerade rechtzeitig, mit dem Hempstädt in der Klasse zu sein, sie könnte aber auch hier links abbiegen, in den Park gehen und sich ein wenig ins Gras hauen. Sie hat eh schlecht geschlafen die letzte Nacht. Unausgeschlafen lernen zu gehen ist bestimmt ungesund.

Ella zögert. Die Turmuhr schlägt acht. Wenn sie jetzt losrennt, kann sie es noch schaffen, kurz nach dem Hempstädt in die Klasse zu kommen, aber dann wird er sie bestimmt wieder vor allen blamieren. Das will sie sich auf keinen Fall antun. Also biegt sie links ab, in den Park.

Die Rosen duften, die Vögel zwitschern und die

Rentner führen ihre Hunde aus. Sie schlendert durch die Kastanienallee und setzt sich am Teich auf eine Bank.

Fünf nach acht. Herzklopfen. Jetzt steht sie bestimmt schon im Klassenbuch. Schade, dass sie keine Freundin hat, die das Klassenbuch führt, so wie Mamas Freundin Marion. Ob sie sich selbst mit Tintenkiller auslöschen soll? Aber der Hempstädt schreibt nicht mit Füller, sondern mit einem silbernen Vierfarbenkuli, mit dem er hinter seinem Rücken rumknipst, wenn er Leute ausfragt, und einen damit ganz verrückt macht. Ella pflückt ein Gänseblümchen und dreht es zwischen den Fingern hin und her. Was Mama wohl sagen würde, wenn sie wüsste, dass sie schwänzt und im Park auf einer Bank sitzt? Natürlich ohne Knutschen.

Zehn nach acht. Warum vergeht die Zeit beim Schwänzen genauso langsam wie in der Mathestunde?

Ella holt ihr Brot aus der Tasche. Beißt einmal ab, hat keinen Hunger. Wenigstens weiß Mama jetzt schon mal von der Mathearbeit, aber an heute Abend mag Ella gar nicht denken. Sie kramt in ihrem Rucksack herum, aber etwas Brauchbares zum Zeitvertreib kann sie nicht finden. Schließlich zieht sie ihr Mathebuch heraus und blättert es durch. Meine Güte. Das soll sie alles noch lernen? Das Leben ist ungerecht. Warum lässt man sie nicht einfach Fußball spielen? Sie könnte sich hocharbeiten, bis in die Bundesliga würde sie es bestimmt schaffen und dann vielleicht sogar dabei sein, wenn die Frauen im Fußball wieder die Weltmeisterschaft gewinnen. Herr Kübel und Frau Wilms haben beide gesagt, aus ihr könnte durchaus was werden.

Ella legt sich auf die Bank und macht die Augen zu. Sie sieht sich auf dem Spielfeld wie im Fernsehen. Sie ist gerade dabei, jede Menge Gegenspielerinnen auszutricksen, und rennt aufs Tor zu, verwandelt den Schuss in einen exzellenten Treffer. Die Zuschauer im Stadion springen auf und rufen ihren Namen; Mitspielerinnen reißen sie zu Boden und der Kommentator verkündet, dass sie das sensationellste Tor des Jahres geschossen hat! Ganz allein von ihr vorbereitet und verwandelt! Wie Schokoeis mit Sahne geht das runter. Ella seufzt. Da spürt sie etwas Kaltes im Gesicht. Eine Hundenase schnüffelt ihr entgegen. Im Nu sitzt sie gerade auf der Bank und wischt sich über die Wange. Der Hund steht mit zwei Beinen auf der Bank und hechelt ihr entgegen. Er wird zurückgepfiffen und läuft zu seinem Herrchen.

Ella geht schnell noch auf die Toilette. Jetzt weiß sie, was sie sagen wird, wenn der Hempstädt sie fragt, wo sie war. Sie sagt ganz einfach, sie hätte verschlafen. Dann braucht sie für eine Stunde bestimmt keine Entschuldigung. Aber es wäre schön, ihm nicht gleich jetzt zu begegnen. Reicht ja, wenn sie es ihm morgen sagt.

Auf der Toilette trifft sie Bonita. Die will natürlich auch wissen, wo Ella in der ersten Stunde war.

»Hab verschlafen«, sagt sie.

»Glaub ich dir nicht.« Bonita betrachtet im Spiegel ihre Zähne und zupft sich den Pony zurecht.

»Warum nicht?«

»Weil dein Bruder um acht in der Schule war.«

»Na und?«, sagt Ella. »Was hat Lino damit zu tun?«

»Ihr frühstückt doch immer zusammen, oder nicht?«

»Ja, schon ...«

»Siehste, genau wie bei uns. Ich sitze mit meiner Mutter und meinen Schwestern zusammen am Tisch, wenn wir zur gleichen Zeit zur Schule müssen. Also hast du geschwänzt.«

Ella beißt auf ihre Unterlippe und funkelt Bonita an.

Aber Bonita sagt: »Mensch, guck nicht so böse. Ich verpetz dich schon nicht. Wenn du willst, können wir uns heute Nachmittag treffen und dann zeig ich dir, was wir in Mathe gemacht haben.«

Plötzlich ist die Luft zum Widersprechen raus. Sie haben auf dem Platz so gut zusammen gespielt, warum soll Bonita ihr nicht auch Mathe beibringen – wenn sie so scharf drauf ist?

»Na gut«, sagt Ella. »Um drei bei mir?«

Punkt drei klingelt es. Bonita hat Äpfel mitgebracht und ihr Fußballalbum. Ella will sich sofort darauf stürzen, aber Bonita ist knallhart: »Erst die Arbeit, dann das Vergnügen«, sagt sie und zieht das Mathebuch aus dem Rucksack. Ella muss eine volle Stunde lang überlegen und rechnen und sich konzentrieren, fünfzehn Minuten länger als eine normale Mathestunde! Bonita lässt nicht locker. Sie scheint Spaß am Quälen zu haben. Wenn sie mal Lehrerin wird, dann Gute Nacht für die armen Kinder.

»Ella, träum nicht«, sagt Bonita in strengem Ton. »Je schneller wir mit den Aufgaben durch sind, desto früher zeige ich dir mein Fußballalbum.«

Endlich hat sie alles geschafft. Ohne Fehler! Und die Textaufgaben waren auch gar nicht so schwer. Sie essen die Äpfel und gehen in Ellas Zimmer.

»Sieht gemütlich aus«, sagt Bonita und lässt sich aufs Bett plumpsen. Sie legt das Album auf ihre Knie.

Ella setzt sich neben sie. Bonita sagt, sie sei auch Bayern-München-Fan, und bestaunt Ellas Fahnen und Schals. Die Tasse auf dem Schreibtisch, in den Bayern-Farben rotblau, findet sie super.

Ella zeigt ihr Zeitungsartikel, Bilder und Autogrammkarten von Luca Toni, Ribéry und dem torgefährlichen Holländer Arjen Robben, der schon mit 12 Jahren Top-Fußball gespielt hat.

Bonita zieht ein Hochglanzfoto von Schweinsteiger mit seiner Freundin aus ihrem Album. »Guck mal, hier küsst Schweini seine Sarah.«

»Zeig mal her!« Ella beugt sich über das Bild. »Iiiih! Der drückt sich ja an ihrer Nase platt.«

Bonita hat auch noch eins, wo Schweini im Anzug und Sarah in einem eleganten Kleid zu sehen sind. »Ach, ist das nicht ein schönes Paar?«, seufzt sie. »Sogar sein Nummernschild hat er Sarah gewidmet. Und seine Luxusvilla hat er auch wegen ihr aufgegeben und wohnt jetzt in einer kleinen Altbauwohnung mit ihr.«

Dann zieht Bonita noch ein Foto von Ballack aus dem Stapel.

»Guck mal, auch ganz süß. Der sieht am besten aus mit verschwitzten Haaren«, sagt Bonita.

»Ja, finde ich auch«, sagt Ella und rückt näher an Bonita ran.

Bonita will ihr noch unbedingt ein Foto von einer Spielerlegende zeigen, wie sie sagt. Ella ist gespannt. – Es ist ein Foto von Oliver Kahn.

»Den find ich doof«, sagt Ella.

»Klar ist der doof, aber er war ein super Torwart!«

»Schon, aber René Adler ist auch nicht ohne. Der hat wenigstens nicht so viele Weibergeschichten.«

»Wart's ab«, sagt Bonita. »Evelina, also meine große Schwester, die hat gesagt, wenn der erst mal so berühmt wird wie Kahn, dann hat er auch jede Menge Weibergeschichten. So sind die Männer eben. Auch im Fußball.«

Ella zuckt die Schultern.

»Das ist bei dem hier auch schon so.« Bonita fischt ein Foto aus dem Stapel.

Ella verzieht das Gesicht. »Iiihh, Wayne Rooney. Und so was schneidest du aus? Die arme Schere!«

»Super Spieler. Aber sieht aus wie frisch aus dem Misthaufen gezogen. Er soll ja auch kaum sprechen können, aber seit der letzten WM ist er Millionen wert.«

»Ist der stumm oder was?«

»Ne, stumm nicht. Kann halt nicht richtig reden. So blöd wird man, wenn man Schule schwänzt.« Bonita grinst Ella von der Seite an.

»Haha!«, sagt Ella.

Sie schauen sich noch die anderen Bilder aus Bonitas Album an. Und dann gibt Ella zu, dass sie Cristiano Ronaldo doch ein kleines bisschen toll findet, auch wenn der so sexy tut, Diamant-Ohrringe trägt und sich viel zu viel Gel in seine Haare schmiert.

»Auf jeden Fall ist es der teuerste Fußballspieler auf der Welt. Manchester United hat damals Real Madrid 94 Millionen Euro bezahlt, um ihn zu bekommen. Wahnsinn, oder?«

»Ja, echt Wahnsinn«, sagt Ella.

Die Mädchen schauen sich noch ein paar Bilder

an, dann gehen sie in die Küche und essen erst mal ein paar anständige Schokoladenkekse nach all den Äpfeln.

»Du kannst es dir ja jetzt erlauben«, sagt Ella. »Oder willst du etwa noch mehr abnehmen?«

»Nö«, nuschelt Bonita und steckt sich zwei Kekse auf einmal in den Mund.

Beim nächsten Training machen sich Ella und Bonita zusammen warm. Herr Kübel und Frau Wilms sind in einer Besprechung. Malle übernimmt das Kommando. Ella macht es Spaß, mit Bonita zu trainieren. Die beiden kichern viel. Malle ermahnt sie, das sei hier kein Kicher-, sondern ein Fußballverein. Woraufhin Bonita kontert: »Das ist hier kein Verein. Das ist eine Schulmannschaft!«

Da kommt Malle angedackelt und sagt, in seiner Schulmannschaft werde viel besser Fußball gespielt als im Verein.

»Nun reg dich nicht auf«, sagt Bonita. »Das wissen wir doch!«

Malle regt sich aber auf. »Glaubt ja nicht, dass die Südtiger aufsteigen, nur weil sie jetzt im Verein spielen!«

»Weißt du doch nicht«, sagt Ella. »Da haben sie Profitrainer und keine Sportlehrer.«

»Du redest ja schon genauso wie Lino«, sagt Malle.

»Na und?«, sagt Ella. Sie will ihm nicht unter die Nase reiben, dass Lino nicht mehr Fußball spielt.

Nach dem Training kommt Bonita mit zu ihr nach Hause. Lino ist natürlich wieder nicht da. Nur seine Fußballschuhe. Stehen da und sagen nix. Wenn er doch nur mit Ella reden würde. Sie spürt genau, dass da was im Busch ist. Ob das was mit ihr zu tun hat? Aber vom Grübeln wird nur das Gehirn wund. Ella freut sich, dass Bonita da ist. Dann muss sie wenigstens nicht an Lino denken. Eigentlich wollten sie wieder Mathe üben, aber Bonita kommt nicht vom Spiegel weg. Sie isst einen Apfel. Saft läuft ihr übers Kinn. Sie prustet los, dann macht sie Malle nach, wie er Äpfel isst. Schüttelt sich die Haare ins Gesicht und guckt wie Malle, wenn er über Fußball redet, mit gekräuselter Stirn und großen Augen. Dabei lobt sie die Kraft des Apfels und die Kraft des Fußballs. Ella muss aufpassen, dass sie sich vor lauter Lachen nicht verschluckt. Mit Bonita kann man endlich mal wieder so lachen, dass es wehtut.

Als Ella wieder Luft hat, sagt sie: »Mach mal die Augen zu, ich hab was für dich.« Ella hat das kleine Passfoto von Malle aus dem Rucksack geholt und hält es Bonita vors Gesicht. »Kannst die Augen wieder aufmachen!«

»Oh, là, là!«, Bonita nimmt das Foto in die Hand.

»Wen haben wir denn da? Marvin Winter, unser fußballtechnisch technischster Mann!«

Sie laufen in die Küche und dann geht alles wie von selbst. Erst malt Bonita ihm mit einem Kuli eine Brille, dann malt Ella ihm Hasenzähne.

»Und jetzt fehlt nur noch eine Sprechblase«, sagt Bonita und macht sich fast in die Hose vor Lachen. In die Sprechblase schreiben sie: »I love fußballtechnisch Bianca Blume!«

Ella saust aufs Klo. Gerade noch rechtzeitig. Ausgerechnet Bianca Blume! Die vor lauter Wimperntusche gar nichts mehr von der Welt sieht! Und immer noch über andere Mädchen herzieht wie verrückt.

Ella wischt sich die Lachtränen ab, spült und kommt zurück in die Küche.

»Also, von mir aus kann die den Malle haben«, sagt Bonita. »Ich bin nicht mehr in ihn verknallt. Ich find ihn nur schön zum Angucken und gut auf dem Spielfeld. Aber mehr nicht.«

»Ich bin auch nicht in ihn verknallt«, sagt Ella, aber dann fügt sie doch ein »nicht mehr« dazu.

Daraufhin legt Bonita den Arm um ihre Schulter und Ella legt ihren Arm um Bonitas Hüfte und dann stiefeln sie Arm in Arm rauf in Ellas Zimmer.

Mit dem Hempstädt gibt es auch keine Probleme mehr, obwohl es erst mächtig danach aussah. Sie hat gesagt, sie hätte neulich verschlafen und konnte deshalb nicht zur Mathestunde kommen, und ist knallrot geworden und der Hempstädt hat nach der Stunde mit ihr ganz allein geredet und gesagt, er glaube ihr nicht, dass sie verschlafen hätte, und wollte von ihr wissen, wie es nun weitergehen soll, mit ihr und natürlich mit Mathe. Da stand sie ganz schön dumm da und wusste gar nicht, wo sie hingucken sollte, aber zum Glück hatte sie ja mit Bonita Mathe geübt und Bonita will auch weiter mit ihr üben; das hat sie dem Hempstädt auch gesagt.

»Okay«, hat er geantwortet. »Endlich mal was Konstruktives, *Ellachen*, nur so geht es voran!« Er klopfte ihr auf die Schulter und sie überhörte das *Ellachen*. Dann sagte er noch, dass er jedes weitere »Verschlafen« von ihr unverzüglich ihren Eltern und der Schulleitung melden würde und sie in der nächsten Mathestunde als Erste an die Tafel zum Vorrechnen komme. Sie könne sich schon mal drauf vorbereiten und sie solle das als Chance ansehen, ihre Gesamtnote zu verbessern.

Und nun sitzt sie mit Bonita an ihrem Schreibtisch und wird von ihr getriezt, bis ihr die Zahlen aus den Ohren wieder rauskommen. Diesmal fällt es Bonita schwer, streng zu bleiben. Andauernd fällt ihnen was Lustiges ein und dann albern sie wieder herum, wie neulich mit Malles Passfoto. Das ist jetzt total verkritzelt und liegt in der Fußballmappe, bei Ricardo Kaká.

Jetzt fängt Bonita schon wieder an, Quatsch zu

machen, tut so, als wäre sie Lady Gaga, hat sich eine blonde Haarschleife von Schlecker auf den Kopf gesetzt und quetscht sich mit den Händen den Busen zusammen. So wackelt sie durchs Zimmer. Wie soll man dabei Mathe lernen?

Lino kommt abends wie neuerdings immer erst auf den letzten Drücker zum Essen und streitet sich gleich mit Papa. Der will wissen, wo er den ganzen Nachmittag war. Sagt Lino ihm aber nicht. Ella wüsste es auch gern. Vielleicht würde sich dann die Stimmung hier wieder ändern. So langsam nervt es, dass Lino sie wie Luft behandelt. Oder noch schlimmer: wie verpestete Luft. So guckt er nämlich jedes Mal, wenn er sie sieht.

Montag nach der Schule ruft Bonita an.

»Ella, komm sofort zu mir! Ich muss dir dringend was zeigen!«

Ella geht sofort los. Bonita kommt ihr schon an der Bushaltestelle entgegen.

»Ich weiß jetzt, wo dein Bruder immer hingeht. Komm mit!«

Sie steigen in den nächsten Bus und fahren fünf Stationen bis zum Naturkundemuseum, in die Stadt.

»Willst du etwa ins Museum?«

»Wart's ab«, sagt Bonita und geht mit Ella über die Straße, aufs Museum zu. An der Mauer vor der Treppe sind Skateboard-Fahrer. Einige hechten mit ihren Brettern über den Mauervorsprung, andere sausen über die glatten Steine bis zur Treppe. Ein Junge mit Kopftuch und nacktem Oberkörper rast sogar die Treppe runter.

Bonita zieht Ella hinter den Kiosk auf der anderen Straßenseite. »Guck dir die Jungs mal genau an«, sagt sie und Ella reckt den Kopf. Da, der da! Das darf doch wohl nicht wahr sein!

»Das ist ja Lino!«, ruft Ella.

Bonita nickt. »Irre, was?«

Ella kann immer noch nicht glauben, was sie sieht: Lino übt mit den Skatern! Und er beherrscht sein Brett schon ganz gut, kommt mit einem Affenzahn um die Museumsecke, springt hoch und schnappt sich das Brett mit einer Hand.

»Als würde es ihm an den Füßen kleben – genau wie der Ball. Aber seit wann fährt er denn Skateboard? Und warum erzählt er uns nichts davon?« Ella will sofort zu ihm gehen, aber Bonita zieht sie zurück.

»Lass ihn in Ruhe.« Sie schaut Ella an. »Ich muss nach Hause, auf meine kleine Schwester aufpassen. Kommst du mit?«

Ella schaut noch mal über die Straße zum Museum und geht dann mit Bonita zurück zur Bushaltestelle. Ihr Bus steht schon da, sie müssen laufen und drängeln sich durch die hintere Tür.

»Er hat vor Jahren mal ein Skateboard gekriegt. Ich dachte, das liegt im Keller. Dabei hat er es in seiner Fußballtasche«, sagt sie. »Und er sagt keinen Ton, dieser Idiot!« Ella beißt sich auf die Unterlippe. »Meine Eltern machen sich schon Sorgen.«

Die Mädchen schlendern nach Hause. Bonitas kleine Schwester öffnet ihnen die Tür.

»Tach«, sagt sie. »Ich bin Sonja«, und gibt Ella die Hand. Sie hat vier abstehende Zöpfe. »Ich und Mama haben Waffeln gebacken«, sagt sie. »Kommt rein.«

Bonitas Mutter ist in Eile. Sie trinkt einen Espresso im Gehen, stellt den Puderzucker raus und wünscht den Mädchen einen schönen Tag. Sonja verteilt die Waffeln auf die Teller und plappert, eigentlich hätte sie die ganz allein gebacken, mit Vollkornmehl und Zimt und Zucker, Mama hätte nur den Mixer gehalten. Und ob sie einen Erpresso dazu trinken wollen.

»Das heißt Espresso«, sagt Bonita und lacht.

»Ich hätte gern so einen Erpresso«, sagt Ella.

Sonja strahlt Ella an, holt drei kleine Tassen aus dem Schrank und stellt sie auf den Tisch. Ihre Zöpfe wippen dabei; man hört sie atmen. »Wir haben heute nur noch weißen Erpresso, meine Dame«, sagt sie und füllt Milch in die Tassen.

»Wir lieben weißen, meine Dame«, sagt Bonita.

Sonja siebt jedem Puderzucker über die Waffeln. Der Tisch kriegt auch was ab. Dann sitzen sie da und lassen es sich schmecken.

»Weißt du, was ich glaube?«, sagt Bonita.

»An Gott«, sagt Sonja.

»Ne«, sagt Bonita. »Ich meine, wegen Ellas Bruder. Der erzählt keinem, dass er jetzt Skateboard fährt. Ich glaube, er macht das, weil er sonst nichts mehr hat.«

Ella bleibt die Waffel im Hals stecken. »Meinst du etwa, ich hätte ihm das Fußballspielen genommen?«

»Was ist ein *Skätbot*?«, fragt Sonja. Sie hat eine Puderzuckerschnute.

»So ein Brett mit Rädern«, sagt Bonita und küsst ihre Schwester.

»Vielleicht hast du ihm wirklich das Fußballspielen vergrault.«

Ella legt die Waffel auf den Teller. Sie hat keinen Appetit mehr. »Aber ich kann doch nichts dafür!« Sie will zu Lino, steht auf und ist schon im Flur. Sonja und Bonita kommen hinterher.

»Warum weinst du denn?«, fragt Sonja. »Haben dir meine Waffeln nicht geschmeckt?«

Als Ella in die großen Augen von Bonitas kleiner Schwester schaut, muss sie erst recht weinen.

»Es ist wegen ihrem Bruder«, sagt Bonita.

»Hat sie ihm den Fußball weggenommen?«

»Nun lass uns mal in Ruhe, Sonja. Ich erklär dir das später.«

Die Mädchen gehen in Bonitas Zimmer. Sonja steht in der Tür und versucht, sich mit der Zunge den Zucker von den Wangen zu schlecken.

»Was soll ich denn jetzt machen?«, fragt Ella und schneuzt sich.

»Also, ich würd Lino einfach in Ruhe lassen. Der kommt schon von selber wieder an. So ist das mit Evelina und mir auch, wenn wir uns gestritten haben.«

»Und mit mir auch?«, fragt Sonja.

»Ja«, sagt Bonita. »Mit dir auch.«

Am nächsten Morgen sitzt Ella mit Lino am Tisch. Er kippelt nicht, er sagt nichts, füllt sich sein Schälchen voll, ohne zu kleckern, und ärgert sie nicht mit der Capt'n-Crunchy-Packung. Mama stellt den Föhn aus. Ella starrt ihren Bruder die ganze Zeit an. Er sieht in letzter Zeit anders aus, wäscht sich mehr, aber gelt sich nicht mehr die Haare, föhnt sie sogar mit Mamas Föhn ins Gesicht. Jetzt zupft er auch schon wieder an sich herum, steht auf, als Mama an den Tisch kommt, und verschwindet im Bad. Mama sagt, Marion meint, er sei vielleicht verliebt und deshalb soll Papa ihn nicht so bedrängen. »Der Junge wird zwölf«, sagt sie. »Da braucht er schon ein paar mehr Freiräume!«

»Na klasse«, sagt Ella. »Lino kriegt Freiräume und ich Stubenarrest.«

Immerhin ist er für die Taschentuchaktion noch nicht bestraft worden. Ella zieht einen Flunsch. »Außerdem werde ich in zwei Wochen elf und dann sind wir erst mal drei Wochen zusammen elf, bevor er zwölf wird.« Für Mama scheint das nichts Besonderes zu sein, aber für Ella sind die drei Wochen, in denen sie gleich alt wie Lino ist, die wichtigsten im ganzen Jahr. »Ich brauche auch mehr Freiräume!«

Lino kommt aus dem Bad, sein Pony hängt ihm in die Augen.

»Schick«, sagt Mama.

Ella guckt Lino herausfordernd an.

»Ist was?«, fragt Lino. Er schaut Ella an, ohne eine Miene zu verziehen. Keine Wut, keinen Ärger, aber auch kein Interesse in seinem Blick.

Das Telefon klingelt. Mama ruft: »Wenn das die Schubert ist, sagt bitte, ich bin schon unterwegs!«

Es klingelt und klingelt.

Ella geht zum Telefon. Es ist nicht Frau Schubert aus dem Büro, es ist Marvin Winter.

»He«, sagt er. »Wir haben heute ein Sondertraining. Nimm deine Fußballsachen mit. Wir treffen uns gleich nach der Schule.«

Ella kann gar nichts fragen, so schnell hat er schon wieder aufgelegt.

Was für ein Sondertraining?

»Wer war das?«, ruft Mama und Lino schaut sie auch an.

»Sag ich nicht«, sagt Ella. Wenn Lino so geheimnisvoll tut, kann sie das auch!

Lino und Ella gehen wie jeden Morgen getrennt zur Schule. In der Klasse ist große Aufregung. Malle ist umringt von Spielern und Spielerinnen von Victoria. Er sagt, Herr Kübel hätte gestern Abend noch ein wunderbares Spiel organisiert, gegen Bornsloh 03. »Die haben in der Schülerliga schon ziemlich viele Punkte. Fußballtechnisch gesehen ist das *die* Chance für uns! Bornsloh wird unser erster Gegner im Spiel um den Schulpokal. Wir müssen unbedingt gewinnen! Deshalb schieben wir heute noch ein Sondertraining ein.«

Malle geht, Herr Hempstädt kommt und nimmt Ella gleich an die Tafel. Bei der ersten Kettenaufgabe kann sie sich noch nicht konzentrieren. Hat immer noch Linos Blick vor Augen, hört Mamas Föhn, das Telefon klingeln, Malles Stimme ...

»Hallo!«, sagt Herr Hempstädt. »... ist hier jemand zu Hause?«, und klopft an ihre Schulter.

Und dann steht sie wieder an der Tafel, mit der Kreide in der Hand und fängt an zu rechnen. Herr Hempstädt guckt ihr zum Glück nicht auf die Finger. 18 mal 4 sind 72, minus 19 sind 53, mal 9 – Moment, das muss sie hier in der Ecke schriftlich machen ...

Als Herr Hempstädt sie lobt, bekommt sie rote Wangen. »Du hast dich ganz toll konzentriert und keinen Fehler gemacht. Ich würd mal sagen, das ist eine glatte Eins«, sagt er und nimmt ihr die

Kreide aus der Hand. Jetzt kriegt Ella auch noch rote Ohren. Bonita zwinkert ihr zu, als sie auf ihren Platz geht.

In der Pause fragt Frau Wilms herum, ob alle zum Extratraining kommen, ob die Eltern Bescheid wissen, der Hort? Ja, ja, es ist alles geregelt.

Das Training beginnt um halb zwei. Sie üben Dribbeln und Ballannahme und schießen aufs Tor. Das Gleiche noch mal am Mittwoch und am Donnerstag gibt es schon ein Probespiel. Dabei geht alles schief und dann kotzt Hilde auch noch mitten auf das Spielfeld.

»Muss was Falsches gegessen haben«, sagt sie und krümmt sich. Frau Wilms hat sie an den Spielfeldrand gelegt und tupft ihr mit kalten Tüchern die Stirn. Herr Kübel kratzt mit einem Stöckchen das Erbrochene aus dem Rasen.

Donnerstagabend. Ella sitzt mit ihren Eltern am Tisch, Lino ist auch gerade nach Hause gekommen und noch im Bad, da klingelt das Telefon.

»Ist der Anrufbeantworter nicht an?«, fragt Mama.

»Anscheinend nicht«, sagt Papa. Es klingelt schon das fünfte Mal.

»Wenn das die Schubert ist ...«, sagt Mama, aber Papa sagt, er geht nicht ran. Er hat Feierabend.

Ella steht auf – wenn sich sonst keiner bemüht.

Frau Wilms ist am Apparat. Ihre Stimme klingt aufgeregt.

»Stell dir vor«, sagt sie. »Malle hat sich den Arm gebrochen.«

»Ach, du meine Güte!«, Ella muss sich setzen. »Wie ist denn das passiert?«

»Er ist mit dem Fahrrad gestürzt. Der Bruch ist nicht so schlimm, aber spielen kann er die nächste Zeit nicht. Und Hilde hat einen Magen-Darm-Infekt. Das heißt, unser Libero fällt aus und das Mittelfeld ist auch geschwächt, denn Rufus muss zu seiner Oma nach Holland, die wird siebzig. Von der Reservebank könnten wir Elisabeth und Mustafa nehmen und Birgit kommt in die Abwehr. Das heißt, wir müssen die ganze Mannschaft umstellen.«

Frau Wilms lässt Ella gar nicht zu Wort kommen. Ella hört einfach nur zu. Ihr Mund steht offen. In ihrem Kopf dreht sich alles. – Malle hat sich den Arm gebrochen. So ein Mist aber auch! Malle ist nicht zu ersetzen!

Frau Wilms sagt, jeder soll sich Gedanken machen, wie man die Mannschaft am besten aufstellen kann. Morgen sei das letzte Training vor dem Spiel. Bis dahin müssen sie eine Lösung haben. »Eine, die funktioniert!«

Als Ella sich wieder an den Tisch setzt, kommt Lino aus dem Badezimmer. Haare frisch gewaschen, zurückgekämmt. Er riecht nach Shampoo und lässt sich auf den Stuhl fallen. Papa guckt, als würde er gleich noch ein einziges Mal versuchen, ihn nett zu fragen, wo er nachmittags immer hingeht, bevor er sich seinen Sohnemann zur Brust nimmt. Schließlich hat Papa schon vor ein paar Tagen angekündigt, seine Geduld sei langsam, aber sicher am Ende.

Lino setzt sich, Papa holt Luft für die richtigen Worte, da weiß Ella plötzlich, wer die Mannschaft retten kann: Lino natürlich, wer sonst?!

Das ist eine super Idee, Lino zu fragen«, sagt Bonita und legt einen Arm um Ella. Sie gehen zusammen zu Bonita nach Hause, es ist niemand da. Sie verschwinden in Bonitas Zimmer.

»Als Erstes müssen wir mit Malle darüber reden«, sagt Ella.

Bonita holt das Telefon.

»Ruf du ihn an«, sagt Ella.

Bonita wählt, wartet, endlich kommt Malle an den Apparat. Bonita sagt nicht mal »Hallo«, sie platzt gleich raus mit der Idee. Es wird still am Telefon. Bonita schaut auf den Hörer. »Malle? Bist du noch dran?«

Ella lauscht.

»Ja«, sagt Malle. »Klar bin ich noch dran.« Mehr sagt er nicht. Bonita verdreht die Augen. Ella kann Malle atmen hören. Endlich sagt er: »Fußballtechnisch gesehen ist die Idee nicht schlecht. Aber ob Lino da mitmacht? Ich würde es auch nicht für die

Mannschaft tun, gegen die ich gerade zweimal verloren habe.«

»Ja, du«, sagt Bonita.

»Was willst du damit sagen?«

»Nichts«, sagt Bonita und schluckt. »Du musst ihn darum bitten.«

»Ich??? – Lino bitten? Habt ihr sie noch alle?«

»Bitte«, sagt Bonita. »Ist gar nicht schwer, das zu sagen.«

»Ja, bitte, Malle!«, ruft Ella in den Hörer.

»Hört mal, ihr beiden«, sagt Malle. »Ich rede schon länger nicht mehr mit Lino, wenn es nicht sein muss.«

»Aber es muss sein«, sagt Bonita. »Und was früher bei den Südtigern zwischen euch war, ist doch längst vorbei.«

»Genau!«, ruft Ella dazwischen. »Man muss auch verzeihen können.«

Den Satz hat sie gestern Abend in einem Film gehört, bevor sich ein Pärchen endlich in die Arme fiel.

Es ist still am Telefon. Nur Malles Atmen. Hört sich ein bisschen an wie Lino, wenn er aufgeregt ist. Bonita wird jetzt forscher, setzt Malle unter Druck.

»Als Kapitän musst du als Erstes an das Wohl deiner Mannschaft denken. Und wenn du nicht den Mumm hast, Lino zu fragen, dann bist du auch kein richtiger Kapitän!«

Das sitzt! Malle sagt, er will erst mal mit den Trainern darüber reden, bevor er zu Lino geht.

»Aber denk dran«, sagt Bonita. »In zwei Tagen ist das Spiel!«

Beim Training sagt Herr Kübel: »Mit Lino könnten wir mit zwei Sturmspitzen spielen. Ella bleibt Mittelstürmerin und Lino platzieren wir rechts außen …«

»Nein«, sagt Ella. »Es ist besser, wenn Lino im mittleren Mittelfeld ist oder noch besser im Sturm. Carmen könnte in die linke Spitze. Sie ist schnell und wendig, wenn sie die richtige Strumpfhose anhat.« Das war ein kleiner Scherz. Bonita grinst. Malle steht neben ihnen, mit seinem Gipsarm, guckt von einer zur anderen und kapiert nichts. Er fasst sich ans Kinn, als hätte er dort schon einen Bart. »Ja«, sagt er. »Fußballtechnisch gesehen brächte das Belebung ins Sturmspiel. – Wenn Lino mitmacht.«

»Man wird ihn wohl fragen müssen«, sagt Herr Kübel später beim Training und schaut Malle auffordernd an.

»Ihr seid schließlich die dicksten Freunde gewesen«, sagt Frau Wilms. Malle kaut auf der Unterlippe herum und zuckt die Schultern.

Die Zeit rennt. Ella brummt der Kopf. Wenn Malle sich nicht endlich aufrafft und Lino fragt, können sie sich das Spiel ans Bein streichen. Herr Kübel hat die Mannschaft bereits angemeldet.

Die Regionalzeitung weiß auch schon Bescheid und schickt einen Reporter. Es gibt kein Zurück mehr.

»Lass uns nachher mit Malle zum Museum fahren«, sagt Bonita am Nachmittag. »Vielleicht ist es leichter, Malle spricht dort mit ihm. Bei seiner neuen Clique.«

Ella hat jetzt schon Herzklopfen. Wenn das nur gut geht!

Malle, Ella und Bonita steigen in den Bus. Ella und Bonita sitzen auf einer Zweierbank. Malle sitzt ihnen gegenüber und starrt aus dem Fenster. Autos überholen sie, Lieferwagen fahren vorbei; noch bevor sie aussteigen, kann Ella Lino schon sehen. Er ist auf der riesigen Freitreppe auf der Westseite mit seinem Brett. Auf der Südseite skaten die anderen.

»Ich trau mich nicht«, sagt Ella und bleibt am Straßenrand stehen.

»Dann trau ich mich«, sagt Bonita und zieht sie bei Rot über die Straße. Malle schlendert hinter ihnen her. Ein Auto hupt ihn an, er tut so, als störe ihn das nicht.

Auf der Mauer sitzen ein paar Mädchen mit Sonnenbrillen und gucken den Jungs zu. Bianca Blume, die Lästertante, ist auch dabei. Der Junge mit dem nackten Oberkörper und dem Kopftuch schlägt Haken wie ein Hase, ohne das Brett von den Füßen zu verlieren. Malle hat eine Hand in der Hosentasche, seinen Gipsarm hat er in einer Schlinge. Er geht hinter den Mädchen her, als hätte er nichts mit ihnen zu tun. Ella guckt sich ein paarmal um, aber das treibt ihn auch nicht schneller vorwärts. Lino ist so mit seinen Stufen beschäftigt, dass er sie noch gar nicht gesehen hat.

»Sieht süß aus, dein Bruder«, sagt Bonita Ella ins Ohr. »Coole Frisur.«

Ella wird ganz hibbelig. Sie kann Malle nicht länger im Nacken haben und bleibt stehen, bis er aufholt. Irgendwie sieht er hier auf dem Beton verloren aus.

Der Halbnackte, aus dessen Jeans die Hüftknochen und der Gummirand der Unterhose herausgucken, bremst vor den Mädchen ab und schnappt sich sein Brett mit links.

»Hey«, sagt er zu Malle und zu Bonita: »Bist du nicht die Torwartbraut?«

»Ich bin keine Braut«, sagt Bonita und kann richtig schön böse durch die langen Wimpern gucken.

»Mann, ich hab dich gesehen. Du spielst cool. Ich war auch mal im Tor. Ich weiß, wovon ich spreche.« Er grinst Malle an. Malle sagt nichts.

»Wo hast du mich gesehen?«

»Beim Training. Ich wohn gegenüber vom Fußballplatz.« Er legt den Kopf schräg und blinzelt Bonita an.

»Und warum spielst du kein Fußball mehr?«

Er zuckt die Schultern. »Mit meinem Board hab ich mehr Spaß.« Er lässt das Brett auf den Boden fallen und springt auf, wiegt sich von einer zur anderen Seite; auf der Mauer fangen die Mädchen an zu tuscheln; Bianca Blume guckt ziemlich belämmert, man sieht ihr an, wie sie es findet, dass er bei Bonita und Ella rumturnt und nicht bei ihr.

Der Junge lässt die Bauchmuskeln in der Sonne zucken; seine gebräunte Haut glänzt. Malle guckt auf seine Armbanduhr.

»Wir wollten mal kurz was mit ihrem Bruder besprechen«, sagt Bonita und zeigt mit dem Daumen auf Ella.

»Lino ist dein Bruder? Dann bist du die toughe Mittelstürmerin?«

Ella weiß nicht, was sie sagen soll. Bonita nickt heftig.

»Lino gibt ja mächtig mit dir an!«, sagt der Junge und betrachtet Ella von oben bis unten.

»Er gibt an? Mit mir?« Ella glaubt, sich verhört zu haben.

»Und wie! Ich hab schon zu ihm gesagt, er soll doch mal seine kleine Schwester mitbringen!« Der Junge grinst bis an die Ohren. Er dreht sich um und pfeift auf zwei Fingern. Lino schaut zu ihnen herüber, nimmt sein Brett und kommt die Treppen hoch, hält sich die Hand vor die Augen, damit er besser gegen die Sonne gucken kann. Und dann stehen sie voreinander. Ella, Bonita, Malle, der nackte Oberkörper und Lino. Ein paar andere drängeln sich nach, nehmen die Ohrstöpsel von ihren iPods aus den Ohren, recken die Hälse.

»Hey Leute, Lino hat seine Fußballschwester mitgebracht«, sagt einer.

»Hab ich nicht«, sagt Lino.

»Wow!«, sagt ein anderer. »Das ist sie also!«, und drängelt sich nach vorn.

»Was macht ihr denn hier?« Lino guckt mit zugekniffenen Augen zu Malle, auf Malles Gipsarm, dann zu Ella. Er hat eine knallrote Birne. Ella auch. Aber sie steht ja auch genau in der Sonne. Malle kriegt immer noch keinen Ton raus.

»Wir müssen mit dir reden«, sagt Bonita und stößt Malle einen Ellenbogen in die Seite. Malle zuckt zusammen und sagt immer noch nichts. Aber dann platzt Bonita einfach los: »Wir wollten fragen ...«, sie schaut zu Ella, dann zu Malle, »... ob ihr uns Lino für ein ganz wichtiges Spiel ausleihen könntet. Es ist ganz dringend! Wir brauchen ihn morgen Nachmittag.«

Ella guckt auf ihre Füße. Sie würde am liebsten im Boden versinken oder schmelzen, wie Wassereis. Heiß genug ist ihr ja schon. Ella rechnet damit, dass Lino jeden Moment abhaut oder Malle sein Brett an den Kopf wirft. Aber Bonita redet und lacht, blinzelt nebenbei Bianca Blume zu; und niemand rennt weg. Dann sagt der Junge mit dem freien Oberkörper: »Ich heiß übrigens Jurek«, und stellt seine Kumpels vor. Er dreht sich zu Lino um.

»Klar springst du da ein, oder?« Er stupst mit der Schulter gegen Linos Schulter. Jurek ist einen ganzen Kopf größer als Lino. »Wir kommen auch mit und feuern dich an. Dich und deine toughe Schwester und die Torwartbraut.« Er zwinkert Bonita zu und zieht eine Augenbraue hoch. »Und was für eine Rolle spielst du, Alter?« Er deutet mit dem Kinn auf Malles Gipsarm.

»Ich bin der Kapitän«, sagt Malle.

Alle lachen. »Ahoi!«, ruft jemand.

»Verletzt, wie du siehst.« Malle hebt seinen Gipsarm hoch. »Ich wollte Lino bitten, dass er für mich einspringt.« Er schaut Lino in die Augen.

Ellas Herz klopft im Hals. Na endlich! Einen Moment lang sieht es so aus, als würde Lino sich umdrehen und abhauen, aber er bleibt, rollt mit einem Bein sein Brett hin und her. Die Arme vor der Brust verschränkt.

»Wieso fragst du ausgerechnet mich?«

Malle holt tief Luft.

»Weil nur du die Mannschaft retten kannst.«

»Hoho!«, ruft einer und boxt mit unsichtbaren Piraten.

»Große Worte«, sagt Lino.

»Großes Spiel«, sagt Malle. »Du kennst die Gegner: Bornsloh 03.«

Lino lässt sein Brett hochflutschen, beinahe wäre es an Malles Gipsarm geknallt. Lino stemmt es sich in die Hüfte wie einen Ball.

»Das wär die Gelegenheit«, sagt Malle. »Wir könnten es ihnen endlich zeigen! Wir haben eine tolle Mannschaft. Mit dir schaffen wir das!«

»Jau!«, ruft einer. »Macht sie alle!«

Jurek sagt: »Was gibt es da zu diskutieren, Lino? Du spielst mit und wir sehen endlich mal wieder ein super Spiel.«

»Logo!«, rufen die anderen. »Wir kommen alle mit. Morgen geht's rund. Könnt ihr nicht noch ein paar Spieler gebrauchen? Ich hätte auch mal wieder Lust, einen Ball zu treten.«

Sie knuffen Lino in die Seite, tätscheln ihn und feuern ihn jetzt schon an. Er sagt nicht Nein; er lächelt sogar ein bisschen.

»Das ging ja einfacher als befürchtet«, sagt Bonita auf dem Rückweg. Ella hat weiche Knie und einen trockenen Hals.

»Er hat noch nicht Ja gesagt«, sagt sie. »Ich trau mich gar nicht nach Hause.«

»Wird schon nicht so schlimm werden«, sagt Malle. »Ging doch ganz einfach.« Das muss Malle gerade sagen!

»Du hast gut reden. Du hast deinen Teil schon hinter dir!«

Bonita legt einen Arm um ihre Freundin. »Wird sich schon einrenken«, sagt sie und: »Malle hat das echt toll gemacht.« Sie schielt zu Malle. »Na ja, mit anfänglicher Ladehemmung.«

Malle wird rot und die Mädchen kichern. Malle fängt an, über das Spiel zu reden. Er geht alles durch. Die Mädchen verdrehen die Augen.

»Also fußballtechnisch ist Lino ...«

»Halt doch mal deine Klappe, Malle!« Bonita unterbricht ihn plötzlich. »Ich kann dein *fußballtechnisches* Gelaber nicht mehr hören.«

Bevor Malle noch was sagen kann, kommt der Bus. Er ist beleidigt. Im Bus setzt er sich zwei Reihen hinter Ella und Bonita. Er tut, als gehöre er nicht zu ihnen. Als in der letzten Reihe zwei Sitze frei werden, gehen Ella und Bonita dorthin und kitzeln ihn von hinten. Erst ist er sauer, dann muss er lachen. Als sie aussteigen, gehen sie zu dritt nebeneinander her.

Am Abend kommt Lino noch später als sonst. Papa ist zum Glück nicht da und Mama telefoniert mit Frau Schubert. Sie hat Ella schon zweimal ein Zeichen gegeben, dass sie sich das Essen in der Mikrowelle warm machen soll. Ella hat keinen Hunger. Sie hat einen Kloß im Hals. Der geht auch mit viel Wasser nicht weg, und als sie die Haustür hört und Lino endlich kommt, wird der Kloß noch dicker.

»Da habt ihr euch ja was ausgedacht«, sagt Lino, aber er sagt es ganz normal. Nicht laut, nicht böse, nicht gehässig. Er wirft seine Sporttasche in die

Ecke und geht in die Küche, nimmt sich ein Glas Milch aus dem Kühlschrank und fragt: »War das deine Idee?«

Ella schüttelt den Kopf, dann nickt sie, dann schüttelt sie wieder den Kopf und sagt: »Doch!«

Lino dreht sich zu ihr um. Ihr wird ganz schummrig unter seinem Blick. »Und woher weißt du, dass ich am Museum skate?«

»Bonita hat dich gesehen.«

Er trinkt das Glas Milch in einem Zug aus.

»Das ist jetzt mein Sport«, sagt er und wischt sich über den Mund. Seine Augen funkeln. »*Skaten* macht tierisch Spaß! Und die Jungs sind auch cool.«

»Ja«, sagt Ella. »Und wir brauchen dich ja auch nur morgen ...«

»Warum fragt ihr nicht jemand anders? Warum ausgerechnet mich?«

»Weil du der Beste bist«, sagt Ella leise.

»Ach so?«, sagt Lino.

»Natürlich. Und das wissen deine neuen Kumpels auch, sonst hätten sie ja nicht gleich für dich zugesagt. Und sie kommen sogar!«

»Und was sagen eure Trainer dazu?«

»Wir brauchen dich ganz dringend, Lino!«

»Ach, auf einmal!«

»Lino, bitte.« Ella fasst ihn an den Arm, aber er schüttelt sie ab.

»Und welche Position würde ich spielen?«

»Im Sturm.« Ella schluckt. »Mit mir.«

Lino kaut auf der Unterlippe herum. Mama ist fertig mit Telefonieren und kommt in die Küche. Schaut von einem zum anderen und holt tief Luft.

»Habt ihr euch endlich wieder vertragen?«, fragt sie. »Na prima, dann können wir ja jetzt essen. Papa ist beim Chor. Es gibt Spaghetti.«

»Ich geh jetzt erst mal duschen«, sagt Lino.

Am Abendbrottisch ist es mucksmäuschenstill, man hört sogar die Backuhr ticken. Alles was Mama fragt, wird nur mit Ja oder Nein beantwortet oder gleich überhört.

»Na, ihr seid ja wieder gesprächig«, sagt Mama und lobt ihr Essen selbst. Beim Tischabräumen müssen beide mithelfen. Wortlos klappern die Teller, rasselt das Besteck. Mama legt den Parmesan in den Kühlschrank, sagt: »Dann unterhalte ich mich eben selbst.« Sie stellt das Radio an. Ella geht in ihr Zimmer. Lino in seins.

Abends, im Bett, kann Ella nicht einschlafen. Sie lauscht den Autos auf der Straße nach, hört Fernsehstimmen aus dem Wohnzimmer. Aus Linos Zimmer kommen keine Geräusche. Schläft er etwa schon?

Ob er wirklich mit ihr angegeben hat? »Toughe Mittelstürmerin«, hat Jurek gesagt. Ob Lino wirklich so von ihr geschwärmt hat? Sie hat Lino noch nie schwärmen hören. Immer nur meckern. Er hat über seine besten Spieler geschimpft. Deshalb hatte Malle auch als Erster die Schnauze voll. Aber in Linos neuer Clique scheint er nicht so viel zu sagen zu haben. Da ist dieser Jurek der Chef, eindeutig, und es scheint Lino gar nicht schlecht zu gehen, wenn mal jemand anders bestimmt. Es macht ihn irgendwie sanfter.

Ella dreht sich von einer Seite zur anderen. Sie kann einfach nicht einschlafen. Und jetzt fängt es auch noch an zu regnen! Wassertropfen prasseln gegen die Scheibe. Wenn sie die Augen zumacht, sieht sie Lino noch auf der Museumstreppe, völlig ins Üben vertieft.

Sie wirft die Decke zurück, schleicht sich aus dem Bett, aus dem Zimmer, geht auf Zehenspitzen über den Flur, lauscht an Linos Tür. Nichts. Kein Geräusch.

Sie würde sich gern zu ihm ins Bett kuscheln. Das hat sie schon lange nicht mehr gemacht. Früher hat er sie immer beschützt, ihr großer Bruder, vor Geistern und Vampiren, und er hat versucht, ihr selbst in den Hals zu beißen, bis sie völlig vollgesabbert war und beide vor Lachen erschöpft waren. Lange her.

Ella guckt durchs Schlüsselloch. Zugeklebt. Vorsichtig legt sie die Hand auf die Klinke. Das Eisen ist kühl in ihrer Hand. Sie bekommt eine Gänsehaut. Und Herzklopfen. Sie lässt die Klinke wieder los und huscht zurück in ihr Zimmer.

Der Himmel ist so grau wie die Straße. Es hat die ganze Nacht geregnet. Ella konnte kaum schlafen, wie soll man auch, vor so einem großen Spiel, wenn noch nicht mal geklärt ist, wer wo spielt und ob Lino nun einspringt und ob der ganze Platz nicht unter Wasser steht.

Jetzt ist es kurz nach zwölf, der Platz steht nicht unter Wasser, ist aber sehr aufgeweicht. Das wird auf jeden Fall eine Schlammschlacht werden. MM Victoria probiert in der Turnhalle die neuen Positionen aus, um 14 Uhr soll das Spiel beginnen.

Bonita geht ins Tor und Ella spielt als Mittelstürmerin. Das ist klar. Sonst ist nichts klar, denn Lino ist noch nicht da. Ella hat ihn am Morgen nicht gesehen und sich nicht getraut, in sein Zimmer zu gehen, um ihn zu wecken.

Malle fuchtelt zwischen den Spielern mit seinem Gipsarm herum. Er will unbedingt, dass Carmen mit Ella im Sturm spielt – wenn Lino nicht kommt.

Herr Kübel findet, José wäre da besser. Ella versucht, den Ball auf dem Fuß zu behalten, aber er fällt ihr andauernd runter. Ihre Beine fühlen sich taub an, wie eingeschlafen, und auf den Ball konzentrieren kann sie sich auch nicht. Die Turmuhr schlägt halb eins, von Lino keine Spur. Wutschauer rieseln über Ellas Nacken. Kann man sich auf den Mistkerl wirklich nicht verlassen?

Um Viertel vor eins geht die Tür zur Turnhalle auf und Lino kommt rein, schnappt sich einen Ball und fängt gleich an, sich warm zu machen. Herr Kübel, Frau Wilms und Malle nähern sich ihm langsam, als wäre er eine bissige Hyäne. Ella klopft das Herz wie verrückt. Am liebsten würde sie vor Freude die Arme in die Luft reißen und laut schreien, aber immer schön cool bleiben, sonst bildet sich der Affe noch was ein.

»Hey, Lino, das ist ja echt riesig von dir, dass du gekommen bist«, sagt Frau Wilms und der Kübel grummelt auch irgendwas. Sie schütteln sich die Hände. Dann stehen sich Lino und Malle gegenüber und geben sich auch die Hand.

Gott sei Dank!

Ella kriegt mit, wie Malle ihm die Mannschaftsaufstellung erklärt.

»Diesmal machen wir sie fertig«, sagt Lino nur und blinzelt zu Ella rüber. Ella tut so, als wäre sie mit dem Ball beschäftigt und hätte nichts gehört.

Herr Kübel läuft wie ein aufgescheuchtes Huhn von einem zum anderen und gibt die letzten Anweisungen. In einer halben Stunde werden die Gäste erwartet – oder vielmehr die Gegner.

»Die haben fußballtechnisch alles drauf«, wiederholt Malle, wieder und wieder. »Und sind mit allen Wassern gewaschen. Die gucken Trainingsvideos und kennen alle Tricks. Der Libero ist sogar die letzten drei Spiele gesperrt worden, weil er einer Gegenspielerin ins Gesicht gespuckt hat.«

»Nun mach dir nicht ins Hemd«, sagt Lino. »Wir spucken zurück!«

Er grinst Ella an. Nur kurz, aber immerhin. Ella rast durch die Halle und muss jetzt erst mal ein Tor schießen, vor lauter Freude. Und den Ball kann selbst Bonita nicht halten.

»Kinder, es nützt überhaupt nichts, nervös zu werden«, sagt der Kübel und kaut auf seiner Trillerpfeife herum. »Wir müssen Ruhe bewahren und vor allem: zusammenhalten! Dann sind wir gut! Mit Lino und Ella im Sturm und der Viererkette Abwehr kann uns überhaupt nichts passieren!«

»Ich bin nicht nervös«, sagt Ella. »Ich freue mich!« Und dann fegt sie noch mal los und schießt ein Tor.

Sie solle sich nicht so verausgaben, sonst habe sie gleich keine Kraft mehr, sagt Frau Wilms und verteilt Müsliriegel. Alle rufen: »Vic-to-ri-a!, Vic-to-ri-a!«, außer Lino, aber wenigstens schmunzelt er ein bisschen.

»Warum spielen wir bei dem Regen eigentlich nicht in der Halle?«, fragt Svenja, die sich extra Locken in die Haare gemacht hat.

»Bist du aus Zucker oder was?«, stichelt der dicke Mustafa, der eh schon einen Wet-Look hat.

Frau Wilms seufzt. »Dass es aber auch ausgerechnet heute so regnen muss!«

Kurz vor zwei kommen die Gäste, im weißen Mannschaftsbus mit roter Schrift. *Keine Medizin ist bitter bei Apotheker Doktor Ritter* steht groß auf der Seite. Die Spieler und Spielerinnen sehen auch aus wie Apotheker, ganz in Weiß. Sie beginnen sofort, in ihren wasserdichten Sport-Regenjacken ein paarmal um den Platz zu traben.

Victoria drängelt sich unter dem Vordach der Turnhalle eng aneinander, Lino huscht rüber zum Schuleingang, da stehen seine Skaterkumpels. Sie haben Kapuzen auf und ihre Bretter dabei und reimen laut mit Doktor Ritter.

Der Schiedsrichter, ein Mann aus Rickenheim, kommt mit dem Fahrrad und ist jetzt schon pitschnass. Er lächelt selig und sagt: »Ist das nicht ein herrlicher, warmer Juniregen! Das wird meinem Garten guttun.«

Und dann ist es drei Minuten vor zwei und alle

traben zum Fußballplatz. Steffi, das Maskottchen, mit rosa Rock und geblümten Gummistiefeln. Es sind ziemlich viele Zuschauer da, mit Regenschirmen und Regenjacken. Ella entdeckt ihre Eltern. Das ist ja ein Ding! Die waren noch nie auf einem Fußballplatz. Die wissen nicht mal, dass der Ball rund ist. Und jetzt stehen sie da hinten am Platz, eng aneinandergedrängt, unter einem großen, roten Regenschirm und winken.

»Lino!«, ruft Ella. »Guck mal, wer da ist!« Lino nickt und albert weiter mit Jurek herum. Ella hört, wie er mit verstellter Stimme sagt: *»Heute wird es für euch bitter – trotz Onkel Ritter.«* Dann lachen sie wieder. Mama hebt beide Hände und streckt die Daumen in die Luft. Hoffentlich kommt sie nicht noch aufs Feld gerannt und küsst Ella.

Bonita hat auch die ganze Familie dabei. Sie legt das Kuscheltier-Känguru von ihrer kleinen Schwester hinter das Tor. Sonja steht mit der großen Schwester ganz vorn, fast neben dem Tor, ihre Eltern dahinter. Evelina verteilt Coca-Cola-Fähnchen, auf denen »Coca-Cola« durchgestrichen ist und nun »MM Victoria« draufsteht.

Der Schiedsrichter stakst wie ein Storch mit dem Ball auf den Platz, er freut sich immer noch über den Regen.

»Spielregeln sind klar?«, fragt er. Alle nicken.

»Habt ihr die Schienbeinschoner an? Wart ihr noch mal auf der Toilette?«

Alle verdrehen die Augen.

»Na dann: ›Fair play‹!«, sagt er und legt den Ball auf den Mittelpunkt. »Die Gäste haben Anstoß.«

Die Mannschaftskapitäne geben sich die Hand. Von Bornsloh 03 ist es der Libero, ein Mädchen mit starken, muskulösen Beinen. Sie schaut Malle lächelnd auf den Gipsarm.

»Na«, sagt sie. »Zu viel Hand gespielt?« Sie strahlt ihn an. Der Regen macht Malles Locken noch lockiger. Soll er sie ruhig mit seiner Schönheit becircen. Sie wäre nicht die Erste, die von ihm geblendet wird.

Malle übergibt Lino die schwarze Kapitänsbinde. Lino stutzt, sagt: »Die will ich nicht.« Malle schaut hilflos in die Runde.

»Gib sie Ella«, sagt Lino. Ella fährt es heiß durch den Magen. »Na los. Wir wollen endlich anfangen!«

Malle zieht Ella die Kapitänsbinde über den Arm. Ella muss schlucken. Sie lacht, sucht Linos Augen. Da sind sie – wach und funkelnd. Kurz vorm Anpfiff tippt Lino sie an den Kapitänsarm. »Zeig's ihnen, Ella!«, und dann stürmen sie los!

Bornsloh 03 holt sich den Ball, ein schneller Junge rennt an Carmen und Mustafa vorbei, aber da kommt Lino und fegt ihnen den Ball von den Füßen, schießt ihn flach rüber zu Ella. Ella stoppt mit links und schießt mit rechts zu José. José rast durchs Mittelfeld, er hört und sieht nichts, obwohl

Lino sich die ganze Zeit anbietet, und dann kommt das starke Mädchen, der Libero von Bornsloh, und im Nu ist José den Ball los und schlittert über den nassen Rasen wie über Seife. Frau Wilms ruft: »Foul!« Der Pinkler und der Beulenkumpel sind auch da. Sie stehen am Spielfeldrand und grölen: »Gelbe Karte, rote Karte, raus die Sau!«

Aber der Schiedsrichter schüttelt den Kopf, dass die Tropfen aus seinen Haaren fliegen.

José steht auf, spuckt Gras aus – das Spiel geht weiter. Der Ball ist in ihrer Hälfte, kurz vor dem Strafraum! Lino rettet ihn, schlägt ihn bis zur Mitte, wo Carmen ihn annimmt; Carmen passt zu Elisabeth; Elisabeth lässt sich den Ball von einem dünnen, großen Mädchen abnehmen, stochert ihr noch nach, aber weg ist sie.

Ella prescht los, kämpft mit ihrer Gegenspielerin um den Ball, gewinnt den Zweikampf, läuft nach vorn, flankt zu Lino.

»Olé-oléoléolé!«, rufen ein paar ältere Zuschauer.

Mustafa gibt den Ball an Ella weiter. Ella wird angerempelt. Sie rempelt zurück und haut mit aller Kraft den Ball weg, bevor sie ihn verliert. Der Blick verschwimmt im Regen, man kann nicht so gut zielen, aber bis jetzt geht es für Victoria ganz gut voran.

Lino umdribbelt zwei Spieler, passt dann quer, genau auf seine rasende Schwester zu. Sie legt ihre ganze Kraft in den nächsten Schuss, schießt aufs Tor, aber die Torwartfrau faustet den Ball weg, genau auf Sarahs Kopf. Die zierliche Sarah fällt um, Lino schnappt sich den Ball und holt aus. Ein Schuss wie ein Strich! Alle rufen: »Tooor!« Und tatsächlich, der Ball geht knapp an dem herauslaufenden Torwart vorbei, rechts ins Netz.

Der Platz bebt. Ella springt ihren Bruder an. Lino umarmt sie. Und dann gibt sie ihm einen Kuss. Mitten auf den Mund.

»Äääh!«, sagt Lino und wischt sich mit dem Handrücken über die Lippen, aber da kommen schon die anderen Spieler und jubeln ihm zu. Seine neuen Kumpels springen wie wild am Platzrand herum und wedeln mit den Brettern.

Lino und die anderen gehen zur Mittellinie. Er schaut in die Zuschauermenge, da wo Mama und Papa stehen, sind auch die Ex-Südtiger. »Li-no! Li-no!«, jubeln sie ihm zu.

»Eins zu null für Victoria in der siebten Minute«, ertönt es durch ein Megafon. »Torschütze: Lino Schäfer.« Und dann klatschen und tröten und grölen die Zuschauer wieder: »Olé-oléoléolé . . .!« Steffi springt wie wild auf der Stelle herum.

In der zweiten Hälfte der ersten Halbzeit geht es zu wie im Schwimmbad. Alles hüpft und springt und drängelt durcheinander, andauernd wird gepfiffen und geschrien und nass ist es sowieso. Ella rennt einen zierlichen, sehr schnellen Jungen um und wird mit erhobenem Zeigefinger verwarnt. »Na, na, na!«, sagt der Schiedsrichter und hilft dem Jungen wieder auf die Beine. Ella muss sich bei ihm entschuldigen. Dem Schiedsrichter tropft Regenwasser von der Nase. Das ist bestimmt gut für seinen Garten.

Ella ist inzwischen so nass, dass es schon wieder schön ist, das T-Shirt klebt an ihr wie eine zweite Haut. Die Knie sind schwarz.

Die paar Fans von Bornsloh 03 versuchen, ihren Spielern Mut zu machen, und feuern sie an: »Jetzt lauft doch mal!«, und: »Los, schnapp dir den Ball!«, und »Schieß, Mädchen, schieß!« Die weißen Apothekertrikots der Bornsloher sind inzwischen kräftig eingematscht.

Kurz vor Abpfiff der ersten Halbzeit köpft die Liberofrau von Bornsloh den Ball über zwei Mittelfeldspieler von Victoria hinweg und liefert einem Stürmer damit eine gute Vorlage. Ella kann nicht mit ansehen, wie er an den Verteidigern vorbeirast, direkt auf Bonita zu, die plötzlich so klein und verloren im Tor aussieht. Sie rennt in die eigene Abwehr, wirft sich in das Gedrängel im eigenen Strafraum und klärt den Ball ins Aus.

Die erste Ecke für Bornsloh 03.

Herr Kübel brüllt sich die Lunge aus dem Hals. Die Verteidiger sollen sich vor die Torpfosten stellen. »Mustafa, geh du an den kurzen; Svenja an den langen!«

Lino und Ella sind am Elfmeterpunkt und versuchen, die Stürmer von Bornsloh zu decken, aber die trippeln hin und her, vor und zurück. Ella macht es ganz nervös, besonders jetzt, wo der Ball genau auf sie zukommt, aber die Gegenspielerin schnappt ihn ihr einfach vor der Nase weg, zum Glück tritt Lino dazwischen!

Ella überholt sie von rechts und klaut ihr mit links den Ball. Lino bietet sich an, ohne Manndeckung! Er trickst einen Gegner aus und schlägt den Ball weit weg, bis über die Mittellinie. Svenja kriegt ihn an die Birne und torkelt zurück, aber die Retter sind schon unterwegs: Ella, José und Tom. Sie spielen sich den Ball im Laufen zu. Alles sitzt, alles ist perfekt und auf dem aufgeweichten Boden flutscht der Ball umso besser. Und dann kommt DER Schuss, von Lino: Der Ball macht einen Bogen über die gegnerischen Verteidiger, fliegt wie ein Frisbee um den Torwart herum und landet links oben an der Latte!

»O nein!« Lino schlägt sich die Hände vors Gesicht. Eine Bananenflanke, die sich gewaschen hat! Einen Zentimeter weiter und es wäre ein fettes Tor gewesen! Aber die Torwartfrau hat den Ball fest in den Händen.

Dann kommt der Abpfiff. – Die erste Halbzeit ist vorbei. Es bleibt beim 1 : 0 für Victoria.

In der Pause müssen sich alle von Victoria umziehen, in einer Umkleidekabine; in der anderen sind die Gäste. Die Mädchen geben sich gegenseitig Sichtschutz. Die Jungs laufen mit nacktem Oberkörper herum und recken ihre Hühnerbrüste. Handtücher werden ausgeteilt. Die Haare sind nass und strubbelig. Lino ärgert sich, spuckt auf den Boden. Malle tröstet ihn. »Das war der Schuss des Jahrhunderts, wirklich riesig« – und äfft Frau Wilms damit nach, aber Lino weiß ja nicht, dass Frau Wilms immer »riesig« sagt, und spuckt noch mal in den Umkleideraum.

»Das war Pech!«, sagt Ella. »Vergiss es!«

José meckert, er sei ganz oft frei gewesen und niemand hätte ihn angespielt.

»Ihr müsst immer gucken, wer frei steht«, sagt Herr Kübel, »aber ihr habt gut gekämpft. Weiter so und ihr macht sie nass!«

»Das sind sie schon«, sagt Lino.

Das hätte er besser nicht sagen sollen, denn schon in der dritten Minute der zweiten Halbzeit kommt der Ausgleich durch den dünnen, schnellen Jungen, der Bonita aus dem Tor lockt, sie rauslaufen lässt und den Ball über sie ins Netz hebt. 1 : 1!

Nun ist die Hölle los. Lino spuckt wütend in den Regen. Ella sucht seinen Blick. Mit einem überraschenden Angriff zu zweit, gleich nach dem Anstoß, könnten sie es schaffen. Aber Lino schaut sie nicht an.

Nach dem Anstoß wird gestochert und wild um sich geschossen und Ella kommt nicht mal an den Ball ran. Das Tempo hat sich gesteigert, die Apothekenmannschaft aus Bornsloh dreht richtig auf. Dafür hat der Regen nachgelassen.

»Ihr müsst die Gegner abfangen!«, brüllt Herr Kübel. »Nicht alles den Verteidigern überlassen!«

Im Moment findet das Spiel nur in Victorias Hälfte statt, bis der kleine Tom einen Zweikampf gewinnt, sich aus dem Gewusel herauslöst und in die andere Richtung passt. José nimmt an, gibt an Ella weiter. Ella flankt zu Lino. Wunderschöne Vorlage! Lino stürmt los, wird von zwei Spielern in die Mangel genommen, kämpft sich frei, dreht sich um die eigene Achse, schießt und trifft!

2 : 1 für Victoria.

Ella springt den Bruder im Laufen an und Lino läuft mit ihr huckepack über den Rasen. Die anderen springen auf sie drauf, reißen die beiden zu Boden. Es wird dunkel unter den anderen. Ella hört Lino lachen. Endlich! Zwischen all den Armen, Beinen und dem Matsch kriegt sie ihren Bruder zurück!

Der Schiedsrichter entwirrt das Knäuel, fordert zum Weiterspielen auf. Lino und Ella gehen Arm in Arm zum Mittelpunkt. Dann lässt er sie los, weil er die Fäuste hochreißt und seine Fans anspornt. Jurek und die anderen trommeln auf ihren Brettern herum und Jurek ruft: *»Victoria ist noch viel fitter, auch ohne Pillen von Doktor Ritter.«*

Mama und Papa klatschen sich die Hände wund und Marion, Mamas Freundin, ist auch da und ruft andauernd: »Bravo! Bravissimo!«, als wäre sie in der Oper.

Und dann geht's rund. Ella weiß gar nicht, wie sie die restliche Zeit noch überstehen soll. Es geht alles so schnell, dass sie den Ball kaum noch sieht, geschweige denn berührt. Bornsloh 03 schießt nach wenigen Minuten das Ausgleichstor.

Wie konnte das passieren?

Jetzt steht es 2:2 und es sind nur noch neun Minuten zu spielen. Bornsloh 03 wechselt ein Mädchen aus. Nun hat Ella eine kleine, wilde Apothekenbraut als Gegenspielerin. Die nimmt ihr gleich den Ball ab und zieht los, volle Pulle aufs Tor. Aber Bonita hält.

Jetzt ist Lino da. Guckt sie an, herausfordernd, aber sie weiß, was er ihr sagen will. »Jetzt zeigen wir's ihnen!«, und José passt ihr den Ball zu. Sie hat nur noch Lino im Auge – und den Ball. Lino wird mit drei Mann gedeckt. Jetzt nicht zu früh abgeben, Ella spielt zurück zu José, der gibt ab an Tom. Ella läuft mit Tom mit, läuft der kleinen Wilden weg, und jetzt macht sich Lino frei, kriegt den Ball, läuft nach vorn, Ella läuft mit, rennt allen weg, Lino könnte auch selbst schießen, aber Ellas Winkel ist besser, er flankt ihr den Ball zu. Sie stoppt ihn aus der Luft und schießt! Schießt in die rechte Ecke! »Tooooooor!« Ella reißt die Arme hoch. Der

Boden wackelt, die Leute schreien. Und Lino wirbelt sie herum, bis ihr schwindlig wird! 3 : 2! Kein Tor mehr bis zum Abpfiff! Victoria hat gewonnen!

Taumelnd vor Glück gehen Ella und Lino Arm in Arm über den Platz und lassen sich bejubeln. Bonita reiht sich ein; auf der anderen Seite, bei Lino, kommt Malle dazu. Die anderen wollen auch mit in die Kette. »Vic-to-ri-a!«, rufen alle und die Zuschauer rufen mit. Steffi kommt zu Ella und Lino und sagt: »Ihr wart einfach super!«

»Du auch«, sagt Ella. »Vielleicht bringst du uns ja wirklich Glück!«

Die Sonntagszeitung bringt am nächsten Tag eine halbe Seite über das Ereignis. »Victoria schießt sich nach vorn! – Jubel für den ehemaligen Südtiger-Kapitän!«

Und dann steht da ausführlich, wie toll Lino gespielt hat. Darunter ein Foto: Ella und Lino, Arm in Arm. Die Bildunterschrift: »Ein starkes Paar!«

»Voll peinlich«, sagt Lino und grinst. Sie sitzen mit der ganzen Familie am Frühstückstisch. Er legt die Zeitung weg. Papa schnappt sie sich und liest laut vor. Ein Reporter wollte von Lino wissen, ob er jetzt bei Victoria mitspiele. »Nö«, hat Lino gesagt. Er skate lieber. Aber einspringen würde er schon wieder mal, wenn Not am Mann sei.

Papa beißt in seinen Marmeladentoast. Er hat heute keinen Schlips um.

»Warum hast du uns eigentlich nichts davon erzählt, dass du jetzt Skateboard fährst?«, fragt er.

Lino zuckt die Schultern.

»Ich dachte schon, du wärst verliebt«, sagt Papa.

Lino verdreht die Augen, Ella grinst, schnappt ihm die Capt'n-Crunchys vor der Nase weg. Er knufft sie leicht am Arm, ein bisschen Milch schwappt über. Leider können sie sich nicht richtig schön streiten, denn es ist Sonntag. Papa braucht ewig für seine Marmeladentoasts und Mama föhnt sich sonntags erst später.

Ich bedanke mich bei Maria Rutenfranz,
die viel Schwung ins Spiel brachte.